Driss Chraïbi

L'homme
qui venait du passé

Denoël

Driss Chraïbi est né en 1926 à El-Jadida. Après des études secondaires à Casablanca, il fait des études de chimie en France où il s'installe en 1945. À l'âge de vingt-huit ans, il publie *Le passé simple*, qui fait l'effet d'une véritable bombe. Avec une rare violence, il projetait le roman maghrébin d'expression française vers des thèmes majeurs : poids de l'islam, condition féminine dans la société arabe, identité culturelle, conflit des civilisations. Enseignant, producteur à la radio, l'écrivain devient peu à peu un « classique ». Son œuvre, abondante et variée (romans historiques, policiers, etc.), est marquée par un humour féroce et une grande liberté de ton.

Il suffit qu'un être humain soit là, à la croisée des chemins, au moment voulu, pour que tout notre destin change. C'est avec toute ma gratitude que je dédie ce livre à Liliane et Yann Venner, ainsi qu'à la Bretagne, province belle et rebelle entre toutes.

D. C.

Préface

La vie *était* un roman, une comédie humaine. Elle est devenue une tragédie à l'échelle planétaire. Un auteur obscur a adapté la Bible en pièce de théâtre, démocratiquement, selon les lois du marché et de l'audimat. Des acteurs convaincus l'ont interprétée à leur façon, Coran en main, se sont immolés sur scène et ont fait un carnage parmi les spectateurs. Et, par la suite, la pièce en question a connu le même succès aux quatre coins du globe. Je ne peux plus me taire.

Pendant ce temps, mon peuple, nos peuples, des continents entiers ont faim. Leur appétit de croire tourne à vide. Ils sont opprimés, désorientés, désoccidentalisés, déshumanisés. Je suis désorienté, désoccidentalisé, déshumanisé. Et j'ai soixante-dix-huit ans.

C'est pourquoi j'assume pleinement et

publiquement les prises de position et les propos granitiques de l'inspecteur Ali. Lui et moi sommes issus du monde arabo-musulman. J'ai suivi son enquête officielle, puis sa contre-enquête personnelle, minutieusement, jour après jour, jusqu'à... la fin.

Prologue

Les beignets étaient chauds, gluants de miel de l'Atlas, aussi appétissants que des monts de Vénus en pleine jouissance. Le thé vert était parfumé à la *chiba*, cette absinthe sauvage inconnue des touristes. La journée s'annonçait sous les meilleurs auspices. Avec un soupir d'aise, l'inspecteur Ali déplia ses interminables jambes sous la table basse, noua une serviette autour de son cou et déploya un journal qui datait de quelques jours.

De notre envoyé spécial à Washington. Le Congrès vient de voter, à l'écrasante majorité de 346 voix contre 40 et peu d'abstentions, une résolution demandant au Président George W. Bush de décréter un jour de jeûne et de prières pour que la Providence divine protège l'Amérique et les forces de la coalition engagées en Irak.

... Ami lecteur, ce livre que vous venez d'ouvrir aurait pu s'arrêter ici, selon toutes les lois de la statistique, sinon de la tuyauterie la plus élémentaire. Vous auriez peut-être été frustré — et moi plus encore. Plus de héros, plus d'enquête ! Parce que, à cet instant précis, l'inspecteur Ali aurait dû logiquement mourir d'étouffement. Prenez un beignet, fourrez-le de quelques olives dénoyautées (du sucré-salé en quelque sorte), et essayez donc de l'avaler sans mâcher ou presque. C'est possible, dites-vous ? D'accord ! Mais si dans le même temps, au moment de déglutir, vous étiez pris d'un brusque accès d'hilarité ?... C'est ce qui arriva ce matin-là à l'inspecteur. Ne me demandez pas comment il resta encore en vie, sans assistance respiratoire, loin de tout service de réanimation. Je puis cependant avancer une hypothèse qui vaut ce qu'elle vaut : il fut sauvé par l'habitude — une sorte de long entraînement pour les courses de 400 mètres haies.

— Argh ! fit-il. Khkhkh !

La face rouge et les yeux exorbités, deux ou trois minutes durant il ne fit rien d'autre qu'émettre des borborygmes et autres bruitages intraduisibles en quelque langue que ce soit, même en marocain du bled. Il toussa. Il cracha. Quelques miettes de nourriture atterrirent sur la photo de Saddam Hussein qui ornait la une du journal — des « dommages collatéraux », pour employer les termes civilisés qui n'entrent pas dans la ligne de mes références.

Revenons à notre inspecteur. Il but un verre de thé, d'un seul trait, afin de faire descendre ce qui restait coincé dans sa gorge malgré lui. Il alluma une cigarette de sa confection, moitié tabac moitié kif. Il tira bouffée sur bouffée, à toute vitesse. La fumée lui sortait par les narines. C'était bon. La vie était belle. Ce n'est qu'après avoir écrasé son mégot dans une soucoupe qu'il rendit grâce à Dieu. Il dit :

— Allah akbar ! Je ne le ferai plus. Je suis un musulman de fraîche date.

Dans le bol, il n'y avait plus que des noyaux d'olives. Mais il restait un rescapé : un beignet, un seul. Ali le regarda, le scruta comme s'il se fût agi d'un suspect, d'un « mis en examen ». Après mûre réflexion, il le partagea en deux, puis en quatre. Il dit avec une espèce de désespoir tranquille :

— Mâche, Ali ! Mâche, comme te l'avait recommandé ta maman, que Dieu repose son âme en son saint paradis !

Et il se mit à mastiquer consciencieusement. Il fallait ce qu'il fallait. Mais il ne fallait pas ce qu'il ne fallait pas.

Bagdad. De notre envoyé spécial. Extraits du discours du Président Saddam Hussein. « Au nom de Dieu Clément et Miséricordieux ! Frappez les ennemis de la nation arabe et de l'Islam ! Combattez-les, car ce sont des agresseurs maléfiques maudits par la Providence. Ne leur donnez aucune occasion de souffler, jusqu'à ce qu'ils se retirent, bredouilles et défaits, des terres des musulmans. Vous serez les vainqueurs et ils seront les vaincus. Celui qui est tué sur les terrains du combat sera récompensé par un paradis éternel. Saisissez donc cette chance d'éternité, ainsi qu'il est écrit dans le Saint Livre... »

— C'est pas possible ! s'exclama l'inspecteur Ali en repliant le journal. Ces orientalistes du Pentagone et de la CIA ont dû se servir d'un guide pour touristes en guise de dictionnaire bilingue. Qui c'est ce journaleux qui a traduit ce galimatias ? Traduit !... J'ai-

16

merais bien discuter avec lui à coups de matraque dans les caves du commissariat central... À moins que ce président moustachu n'ait jamais lu un seul verset du Coran, hey ? Il parle de la Providence tout comme Bush le chrétien. Je vais lui passer un coup de fil. Je dois avoir le numéro de son portable dans mon vieux carnet. Il m'a coupé l'appétit, ce ramadaneur de la onzième heure. Pourquoi il ne va pas, *lui*, au paradis éternel ?...

Le téléphone se mit à sonner. Un voyant rouge s'alluma sur le cadran. C'était la ligne directe avec le ministère de l'Intérieur.

Avant de s'habiller, Ali brancha le transistor et écouta les infos. Écouta, écouta, écouta... Un enfant pleurait, pleurait, cherchait ses bras. L'inspecteur regarda ses propres bras, le gauche, puis le droit. Il pouvait les remuer. Dans la chambre à coucher, sa bien-aimée Sophia dormait paisiblement, comme un enfant.

1

Rabat

L'antichambre du ministre de l'Intérieur était garnie d'un portrait géant du nouveau roi, d'un tapis folklorique venu tout droit des studios Oscar de Ouarzazate, et d'une demi-douzaine de chaises sur lesquelles étaient posés plutôt qu'assis des messieurs gris en complet gris, souffrant apparemment de sciatique et de sinistrose. Aucun d'entre eux n'adressait la parole à son voisin, ni même ne daignait lui jeter un regard de commisération. De toute évidence, on ne les avait pas présentés les uns aux autres. C'est ce que se dit l'inspecteur Ali en entrant d'un pas alerte. Il fredonnait une chanson populaire où il était question d'une noria qui montait et descendait, contrairement au monde arabe qui avait connu des hauts autrefois et qui ne connaissait que des bas depuis un siècle ou deux. Sa

19

civilisation n'était plus qu'un souvenir. Même les puits de pétrole finiraient bien par tarir un jour...

— *Qu'as-tu donc, mon gars*, chantonnait Ali.

Le monde est une balançoire,
Y a plus d'eau, y a plus de foi,
Y a plus que le passé et des rognures de paroles...

Ces hommes à tête d'enterrement qui étaient là comme dans la salle d'attente d'un chirurgien-dentiste, il pouvait réciter de mémoire leurs curriculum vitae, semblables et interchangeables : l'argent, la soif du pouvoir et les combines du chacun pour soi, et que les autres crèvent ! Pour l'heure, ils étaient dans leurs petits souliers. Et peut-être priaient-ils Allah en leur for intérieur de leur indiquer la direction du vent. L'inspecteur Ali se garda bien de les saluer : ils auraient été capables de se lever comme un seul homme pour lui donner l'accolade — et lui glisser un chèque au porteur dans le creux de la main pour faire avancer leurs dossiers.

Ali aborda avec un large sourire l'homme qui montait la garde devant la porte capitonnée du ministre. Il était du genre « service-

service-camarades après ». Mais il n'avait rien de commun avec ses collègues qui étaient là, dehors, en train de faire le trottoir et de bouillir dans leur uniforme sous le soleil généreux du Royaume. Il portait un habit de cérémonie, une chemise à plastron, des favoris poivre et sel et une moustache taillée avec le plus grand soin — toutes choses qui lui conféraient une dignité de majordome britannique. Et puis il avait une lourde chaîne qui lui arrivait presque aux genoux. L'inspecteur s'était toujours demandé pourquoi, dans tous les pays du monde et même à Samoa, les chancelleries et autres palais présidentiels employaient des huissiers à chaîne. (Peut-être un hommage posthume à la reine Victoria ?... Va savoir !) Ce problème existentiel, il n'avait jamais su le résoudre. Peut-être venaient-ils de sortir de prison ? Ou alors, on les avait harnachés d'avance, tout prêts à aller au trou ? Il suffirait de tirer sur la chaîne pour les y conduire, au gré du prince et selon les aléas de l'Histoire. Va donc savoir !

— Comment ça va, vieille ganache ? demanda-t-il à brûle-pourpoint.

— Couci-couça, répondit l'huissier. Grâce à Allah.

— Toujours debout du matin au soir, grâce à Allah ? Pas un instant de répit, de relâche ou de relâchement, pour aller soulager ta vessie, par exemple ?

L'homme à la chaîne eut une sorte de jappement. C'était sa façon de rire. Il était bien content de se retrouver dans son milieu naturel, avec un gars du pays. Pour un peu, il aurait dénoué sa cravate qui lui comprimait le cou comme la laisse d'un chien.

— Oh ! ça m'arrive, inspecteur, ça m'arrive. Je me débrouille.

— Ah oui ? rétorqua Ali, la tête penchée de côté comme un oiseau à l'écoute du printemps. Dans la vie aussi ?

— Comment ça ? Je ne comprends pas.

— Xactement. Tu ne comprends pas. Tu n'as jamais rien compris à la boulitique ou la filousophie. C'est pour ça que tu es resté un sans-grade durant toute ta vie. L'habit est l'habit comme une façade, et la chaîne est la chaîne. Que demander de plus ? Tu prends bientôt ta retraite, si je ne m'abuse ?

— L'année prochaine, inch' Allah.

— Une petite retraite de rien du tout, avec un discours creux pour tes bons et loyaux services ? T'aurais pas mis de côté un peu de flous et de bakchichs, disons à Gibraltar ou en Suisse ?

— Oh ! Inspecteur ! protesta l'huissier. (Il était devenu tout rouge, comme ce crabe géant que j'ai dégusté le 30 novembre 2003 à Trébeurden.)

Ici, l'inspecteur Ali lui serra la main avec effusion. Il dit :

— Je t'admire, vieille ganache. Ma parole d'horreur, il y a encore des gens intègres dans ce pays, même s'ils sont cons de connerie congénitale. Un fonctionnaire dans ta position, avec ou sans diplôme, aurait gravi les échelons quatre à quatre en délogeant les collègues à coups d'intrigues et à coups de pied. Et, arrivé tout en haut, il aurait tiré l'échelle pour empêcher quiconque de monter. L'arabitude a du bon.

Il avait les larmes aux yeux, le foie gorgé d'émotion. Et, sans transition aucune, il posa une petite question :

— Et le nouveau, comment est-il ?

— Quel nouveau ? s'étonna l'homme à la chaîne.

— Le nouveau ministre. De toi à moi, entre quatre yeux et quatre oreilles, comment tu le trouves ?

— Oh ! je l'ai à peine vu. Il vient d'arriver.

— Moi aussi, conclut Ali.

Il ouvrit la porte et entra sans salamalecs. Il connaissait les lieux de longue date. Il dit sur le ton de la conversation :

— Je suis un peu en retard. Il y avait des embouteillages monstres comme à Bagdad au jour d'aujourd'hui. Mais là-bas ce sont des chars américains, la « colonne d'enfer », comme on l'appelle dans les médias. Ils tirent sur tout ce qui bouge. Ici au moins, on n'a pas d'obus, pas de missiles. On se contente de s'engueuler à coups de klaxon. On en vient parfois aux mains. On est des pacifiques, nous autres ! Et donc, j'ai grillé deux ou trois feux rouges, comme tout le monde. Les trottoirs sont encombrés par des grosses cylindrées, à croire qu'il n'y a que des millionnaires dans notre cher et vieux pays, exception faite des piétons, des charrettes, des ânes et des âniers.

M'est avis que la loi n'est qu'un ramassis de paperasses tout juste bonnes pour envelopper des sardines ou des cacahuètes, les diplômés-chômeurs pourront apprendre à lire aux analphabètes, en dehors de leurs heures de service, bien entendu... Ah oui ! j'ai garé ma bagnole en double file, ça m'étonnerait que les flics l'embarquent à la fourrière, ils savent qu'elle est à moi. Et puis c'est une vieille chignole, pas même cotée à l'argus.

Quelqu'un fit pivoter son fauteuil directorial, les yeux attachés sur ce phénomène vêtu d'une salopette, chaussé de baskets, et qui n'avait pas peur des mots. Le phénomène en question se dirigeait tranquillement vers son fauteuil préféré — profond et moelleux —, s'y installait avec un soupir d'aise, balançait ses longues jambes par-dessus l'accoudoir, tirait de sa poche une blague à tabac et du papier à cigarettes. Il s'écoula une ou deux minutes de l'éternité sidérale, dans un silence officiel, le temps que prit l'inspecteur Ali pour confectionner une toute roulée. La flamme de son briquet à essence avait la hauteur d'une torche.

Derrière le bureau, une voix diplomatique s'éleva :

— Si vous n'y voyez pas d'inconvénient, vous pourrez utiliser le cendrier posé sur la petite table, à portée de votre main.

— Volontiers, Excellence ! (Ce dernier mot, l'inspecteur le prononça comme s'il n'était composé que de lettres majuscules.) Je l'ai repéré en entrant. Ce tapis est magnifique. Il vient de Fès, je crois. L'UNESCO devrait le classer dans le patrimoine de l'humanité.

— Inspecteur Ali, je présume ?

D'un seul coup, Ali partit d'un immense éclat de rire. Il en hoquetait, tressautait sur son siège. Âcre et dense, la fumée qu'il avait emmagasinée dans ses poumons lui sortait par les trous du nez. S'il finit par se calmer, ce fut par une sorte de gymnastique mentale à base de versets coraniques estropiés et récités dans un coin antique de son cerveau. Il écrasa son mégot, s'essuya les yeux du dos de la main. Il dit entre huile et vinaigre :

— Excusez-moi, Excellence. C'est la faute à Stanley.

— Stanley ? s'étonna le ministre. (Il hésitait depuis un bon moment entre la colère et l'incrédulité.)

— Xactement. Un journaliste anglais qui travaillait pour les Yankees, au XIXᵉ siècle. Il est mort, d'ailleurs.

— Inspecteur ! lança le ministre.

— Que je vous explique ! continua Ali, lancé à bride abattue. Le gars Stanley part à la recherche de son compatriote, un pasteur écossais du nom de Livingstone qui s'était perdu en Afrique, avec son Évangile sous le bras en guise de boussole. Et il le trouve du côté du Tanganyika, la Tanzanie actuelle qui fait partie du tiers-monde et de l'ONU...

— Inspecteur ! répéta le ministre d'une voix basse et d'autant plus comminatoire.

— ... Et savez-vous ce qu'il lui a dit en l'abordant ? Il lui a dit : « Docteur Livingstone, je présume ? » Comme ça, tranquillement, comme dans un salon de thé à Édimbourg, qui se prononce *Idenbara*, soit dit en passant. « Docteur Livingstone, je présume ? » Une lapalissade à l'anglaise, en quelque sorte. Alors que le dénommé Linvingstone était le seul Blanc dans les parages. Tous les autres étaient des Blacks. Vous me demandez si je suis l'inspecteur Ali. Je vous réponds : c'est bien moi, en chair et en os. J'ai accouru vite fait dès que vous m'avez téléphoné. Je dirais même que j'ai failli m'étrangler avec un beignet, comme l'autre avec son bretzel.

Frais émoulu dans la sphère gouvernementale, le ministre n'avait pas encore eu le temps de se scléroser. C'est pourquoi il prit la plaisanterie du bon côté. Il prit également un havane dans un coffret à cigares (c'était bien un coffret, avec une serrure), contourna son bureau et vint s'asseoir en face d'Ali. Il dit :

— À partir d'aujourd'hui, vous n'êtes plus inspecteur de police.

Il alluma son cigare, en tira une bouffée avant d'ajouter :

— Vous êtes inspecteur-chef. Vous le méritez.

— Ah ! fit Ali, sans ciller.

— Désormais, c'est vous qui allez diriger la brigade criminelle. C'est ce que j'ai décidé après avoir étudié votre dossier. Bien entendu, vous aurez un supérieur... pour la chose administrative, l'intendance, disons pour la forme. Je ne vous vois guère dans un bureau du matin au soir. Vous êtes un homme de terrain, un homme d'action. Vous êtes un rebelle, un esprit retors. Un ouistiti comme vous qualifiait mon prédécesseur.

— Ah ? répéta le ouistiti, le visage inexpressif.

Le ministre posa son cigare sur le cendrier et considéra Ali avec un mélange de bienveillance et d'autorité.

— Oui. En ce début du troisième millénaire, notre pays a besoin d'hommes d'action, de technocrates. Et vous êtes un technocrate de la police, issu du peuple et formé sur le tas. C'est un nouveau règne qui commence. Il nous faut nous débarrasser de nos vieilles idées qui empêchent notre société d'évoluer dans le concert des nations. Tout a changé à la tête de l'État et dans l'appareil de l'État. Ce sont des hommes nouveaux : le roi (qu'Allah le bénisse et prolonge sa vie !), les conseillers du Palais, les gouverneurs, les membres du gouvernement.

Ali savait de longue date que les caméras apprenaient aux comédiens l'art de mentir et que le monde politique dans son ensemble, sous toutes les latitudes, était constitué de comédiens à la recherche de caméras. C'est pourquoi il laissa tomber l'une de ces vraies-fausses informations qui lui avaient souvent servi dans ses enquêtes.

— Je sais, dit-il négligemment. C'est écrit dans *De Volkrkrant*, un quotidien hollandais à grand tirage.

Et il ajouta pour faire bonne mesure :

— Votre photo y figure en première page.

— Ah bon ? dit le ministre, souriant soudain et heureux de vivre.

— Oui, affirma l'inspecteur avec l'aplomb d'un fil à plomb. Est-ce qu'il y a un pot quelque part dans ce bureau ?

— Un pot ? demanda le ministre. (Il ne souriait plus du tout.)

— Oui, dit l'inspecteur Ali. Ce truc autour duquel on tourne pour éviter d'entrer dans le vif du sujet. C'est une expression française qui prend toute sa signification dans les pays arabes : « Tourner autour du pot. » Mais, comme nous sommes des technocrates, vous et moi, autant casser ce vieux pot sans plus tarder. M'est avis qu'on trouvera parmi les débris cette affaire qui vous taraboute et pour laquelle vous m'avez convoqué au saut du lit. Une affaire d'État, si je comprends bien ?

Il y eut un silence blanc durant lequel le visage du ministre sembla se décomposer, pour se recomposer presque aussitôt.

— On m'avait bien dit que vous étiez un Sherlock Holmes marocain, mais alors là !... Je vous avoue que je suis impressionné. Comment êtes-vous parvenu à cette conclusion ?

— Par déduction illogique. Les ouistitis sont illogiques, selon les arabisants, les types du Pentagone et autres orientalistes de la télé. Et, parmi ces ouistitis, je figure en bonne place. C'est même écrit dans mon dossier. Vous permettez ?

L'inspecteur Ali prit le cigare qui se consumait tout seul dans le cendrier, loin, très loin de Cuba. Il y planta les dents, aspira longuement, compta jusqu'à dix avant de rejeter les volutes par les narines. C'était fumable, quoiqu'un peu doux pour son gosier. Mais il ne fallait pas prendre ses désirs pour la réalité — par exemple demander aux Américains de reconstruire les Twin Towers à Bagdad.

— Récapitulons, expliqua-t-il posément. Je suis entré dans votre bureau sans me faire annoncer, vêtu comme un traîne-misère de la médina, pas rasé, pas coiffé non plus. Vous

31

n'avez rien dit. Je me suis vautré dans le meilleur fauteuil et j'ai grillé un joint, du bon kif de Ketama, soit dit en passant. Je ne vous ai pas ciré les pompes, je me suis comporté comme un malotru, un *bad guy* dans le jargon du Texas. Vous auriez dû me jeter dehors vite fait. Au lieu de cela, vous avez gardé votre calme, le self-control d'un gentleman formé à Oxford, une qualité rare, très rare, inconcevable chez les gens qui occupent de hautes fonctions comme vous. J'ai senti qu'il y avait anguille sous roche. Et, lorsque vous êtes venu vous asseoir en face de moi, d'égal à égal, selon les préceptes islamiques de notre pays où l'on vient de voter pour la première fois dans la transparence, avec un taux de participation de 30 %, mais librement tout de même, j'ai dressé l'oreille comme un renard du désert. D'autant que vous m'avez complimenté en termes choisis et m'avez annoncé ma promotion. Le ouistitisme, y a rien de tel pour déceler le dessous des cartes. De quoi s'agit-il, Excellence ?

— D'un meurtre à Marrakech.

— Première nouvelle ! s'exclama Ali, les yeux écarquillés. Et depuis quand y a-t-il des meurtres à Marrakech ? Le roi vient de s'y faire construire un palais « harounrashidesque », voyons ! C'est sécurisé par là-bas. C'est le mot à la mode : sécurisé.

— Je n'apprécie guère vos plaisanteries, lança le ministre d'un ton sec.

— Pourquoi ? C'est interdit de plaisanter ? Il faut parfois détendre l'atmosphère, Excellence, dérouiller la langue de bois. Après, ça glisse tout seul. *Las cuentas claras y el chocolate espeso*, comme dit un proverbe espagnol. « Les comptes doivent être clairs et le chocolat épais. » Ce qui signifie dans la chose policière que les faits doivent être concrets et l'enquête menée à fond. Quels sont les faits ? En quoi ce crime vous concerne-t-il ? Pourquoi est-il une affaire d'État ?

— C'est une calamité, répondit le ministre en regardant la pointe de ses souliers. Une catastrophe qui nous est tombée dessus sans crier gare. Des agents du FBI, de la CIA, des services secrets britanniques viennent de débarquer chez nous par charters entiers, sans compter leurs homologues russes et pakistanais. Je suis aux abois. Nous sommes tous aux abois.

L'inspecteur Ali écrasa soigneusement le mégot du cigare. Sans se presser. Il le rangea dans la poche de sa salopette, à toutes fins utiles. Il ferma les yeux. Puis il dit :

— Je ne suis pas aux abois, moi. Pour que je le sois, il me faut comprendre de quoi il s'agit. La première lettre de la plupart des alphabets est la lettre *a*, l'*alpha* des Grecs, le *alif* de chez nous. Commencez par le *alif*.

C'était difficile, voire déstabilisant, de parler à un homme dont les paupières restaient désespérément closes. Sans s'en rendre compte, le ministre se mit à détacher les syllabes comme s'il se fût adressé à un aveugle, sinon à un simple d'esprit.

— Le drame s'est produit hier matin à Marrakech, dans un riyad. Le jardinier y travaille une fois par semaine. Il avait les clefs de la porte d'entrée. Les résidents qui avaient participé quelques jours auparavant à un colloque international dans ce vieux palais étaient repartis la veille dans leurs pays respectifs, en Europe et en Amérique. Ne restaient plus que les arbres, les massifs de fleurs et des bouteilles vides. Vous me suivez ? (L'inspecteur Ali ne dit rien, ne manifesta rien.) Le jardinier

34

ne sait pas pourquoi il s'est dirigé vers le puits, un puits comblé, sans eau. Il s'est penché par-dessus la margelle. Tout au fond, il y avait un cadavre. Et c'est ce cadavre-là qui pose problème. Un problème à l'échelle planétaire. Vous êtes au courant de ce qui est en train de se passer en Irak, j'imagine ?

— Hompf ! fit l'inspecteur sans ouvrir les yeux.

— Nous l'avons expédié à la morgue, enveloppé dans un linceul des pieds à la tête. Aucun membre du personnel n'a pu le voir, ni même l'apercevoir, à l'exception du médecin légiste qui a fait les constatations d'usage. Il m'a alerté aussitôt. Quant au jardinier, nous l'avons mis en prison, avec défense absolue pour les gardiens de lui adresser la parole sous quelque prétexte que ce soit. Personne n'est au courant, ni mes collègues du gouvernement, ni la DST, ni la gendarmerie royale. Dans ces conditions, comment la nouvelle a-t-elle pu parvenir aux services de renseignement étrangers, jusqu'à Moscou et Karachi ?

À cette question, l'inspecteur Ali répondit par une autre, les yeux toujours fermés :

— Et c'est cela qui vous tarabuste... personnellement ? Vous avez peur de l'avenir ?

— Que voulez-vous dire ?

— De perdre votre place, d'être viré du jour au lendemain. Un poste de ministre de l'Intérieur, ça ne court pas les rues. Si ces foutus agents spéciaux d'outre-Maroc n'étaient pas déjà sur la piste, m'est avis qu'on aurait balancé vite fait la viande froide dans une fosse commune, ni vu ni connu. C'est courant de nos jours, très courant, vous savez. On trouve même des nouveau-nés dans les poubelles. La liberté sexuelle, les contraintes de la religion, le relâchement des Russes et des Morses.

— Quoi ?

— Les « us et les mœurs », en d'autres termes. Je ne suis pas « culte », moi. Je suis inculte. Et qu'est-ce qu'ils font, les éboueurs, de ces bébés morts ou vifs ? Hop ! à la décharge publique, loin des quartiers résidentiels. Mâle ou femelle ?

— Quoi ?

— Le macchabée. C'est un homme ou une femme ?

— Un homme. Vous jugerez vous-même

sur place. Il est en parfait état de conserva-
tion.

— Il y a des flics à Marrakech pour faire
ce boulot.

— Certes, concéda le ministre. Il y a
même des commissaires. Mais aucun d'eux ne
vous arrive à la cheville.

Il y eut un silence. Sans rouvrir les yeux,
Ali se confectionna une nouvelle cigarette,
l'alluma, inspira, souffla. Puis il dit lentement, très lentement :

— Attendez... Attendez... Il y a anguille
sous roche. Elle bouge. L'affaire est d'importance en effet... c'est-à-dire qu'elle risque de
vous déstabiliser et de déstabiliser le régime,
ce qu'à Dieu ne plaise ! Elle ne va pas tarder à
poindre le museau et à tout foutre en l'air.
Cela ne vous gêne pas que je réfléchisse à
tâtons, disons que je déconne ?

— Allez-y. Je vous écoute, inspecteur.

— Je vois le riyad à Marrakech. Je le connais sûrement. Je vois le puits. Je vois la course
contre la montre que se livrent les agents spéciaux venus des quatre points du globe pour
s'assurer que le cadavre est bien un cadavre. Et
dans ce cas, j'en connais des grands de ce

monde qui pousseront un soupir de soulagement, à commencer par Bush. Vous avez fait allusion tout à l'heure à ce qui se passe en Irak. J'ai écouté les infos ce matin. L'ouïe est plus sensible que la vue. Voici la scène : un enfant pleure, pleure... il y a un bref silence et puis l'enfant se remet à pleurer de plus belle. Et le journaliste de conclure : « Cet enfant cherche ses bras, les bras qu'il a perdus lors du bombardement de la coalition à Bassora. » C'est tout. Rien d'autre. Je continue ou je ferme ma grande gueule ?

— Continuez, dit le ministre.

— Voici comment je vois les choses depuis que je suis né, et depuis que mes parents sont nés avant de mourir, mes ancêtres, nos ancêtres, depuis le temps des croisades... En Occident et surtout aux États-Unis, les rapports des citoyens entre eux sont conflictuels. On vote, on ne cesse pas de voter, on exporte les maux de la société. L'attitude des États-Unis envers le reste du monde et particulièrement envers le monde arabo-musulman (la démocratie, les droits de l'homme, l'économie, les finances, la guerre) est placée sous le signe d'un différend inépuisable... J'arrête là ou je vide mon sac ?

— Continuez, répéta le ministre.

— C'est un conflit sans issue, dès le début. Ou, dans le meilleur des cas, avec une issue certaine qui est la perpétuation du conflit lui-même. La paix ne serait pas alors ce qui vient après la guerre, mais ce qui la précède. Cela va à l'encontre d'une certaine idée de la démocratie en quête perpétuelle d'équilibre et d'harmonie. Les décisions qu'elle prend au nom de l'ONU et de la paix n'ont d'autre but que de susciter de nouveaux affrontements, avec un pari assumé du présent contre l'ombre envahissante de l'Histoire.

Il rouvrit les yeux, écrasa son mégot. Le ministre le regardait avec une stupéfaction indicible.

— Je ne savais pas, bredouille-t-il. Dans quelle université avez-vous fait des... des études de sociologie et de sciences politiques ?

— Dans celle de la police, répondit l'inspecteur avec un sourire limpide. À ras de terre et de la vie. Je suis un flic en chair et en os, et non un détective de fiction. Il avait une barbe, ce type ?

— Quel type ? demanda le ministre désarçonné soudain.

— Le cadavre.

— En effet. Comment...

— J'ai dû le rencontrer quelque part dans cette vallée de larmes, de son vivant, s'entend. J'ai enquêté sur notre passé, voyez-vous. Oui, j'ai sûrement rencontré ce barbu de malheur. C'est pour ça que vous avez fait appel à moi, Excellence ?

— Effectivement, reconnut le ministre. C'est la conclusion qui s'est imposée à moi aussitôt que le légiste m'a téléphoné. Vous avez résolu bien des problèmes à l'étranger. Et puis vous avez vos propres réseaux, un peu mafieux sans doute, mais efficaces.

— Mafieux ? releva l'inspecteur. J'ai ouï dire que les limiers de Scotland Yard persistent à croire que discrétion et civilité facilitent les rapports sociaux, en toute hypocrisie. Mais ni vous ni moi ne sommes des Anglais, n'est-ce pas ?

— En effet.

— Ni des hypocrites, monsieur le Ministre ?

— Non plus.

— Dans ce cas, vous me donnez carte blanche, si j'ai bien compris ?

— Vous l'avez. Mais soyez prudent tout de même. Ne nous créez pas d'incident diplomatique.

— Je vais essayer. Je ne vous garantis rien mais je vais essayer. Je suis flic. C'est mon métier. Je vais mener cette enquête jusqu'au bout, quoi qu'il advienne. Les puits de pétrole tariront bien un jour, je m'en fous. On finira par raser ce Saddam Hussein et ses statues, je m'en fous. Le dernier des émirs du Golfe ou d'ailleurs retournera sans doute à son état de chamelier et l'Islam redeviendra l'étranger qu'il a commencé par être, je m'en contrefous royalement, politiquement, religieusement.

— Je vous en prie ! s'écria le ministre.

— Il n'y a pas de quoi, rétorqua Ali dont la voix n'était plus qu'un murmure. Si je me charge de cette enquête, c'est à la demande de ce pauvre gosse qui continue de pleurer en cherchant ses bras, sans comprendre... L'entendez-vous ? Pour moi, c'est tellement inimaginable que ce n'est même pas faux.

— Je vous en prie ! répéta le ministre.

— Dans un mois environ, ma femme va

41

donner le jour à notre premier enfant, vous saisissez ? C'est une affaire personnelle. On dit que l'homme qui ne dispose que d'un marteau apprend que chaque problème nécessite un clou nouveau. Je n'ai pas de marteau. Je vais taper sur tous les clous, avec la seule arme qui me reste : la colère. La violence de la colère, la vérité de la colère.

Ils se levèrent, se dirigèrent vers la porte bras dessus bras dessous. Ce faisant, Ali se mit à déclamer :

Il y eut le Verbe, il y eut la vie.
Et par la suite, le disciple fit appel à son maître,
Le successeur à son prédécesseur
Avec le langage de leurs œuvres
Qui les dispensaient de la parole.
Les traités s'amoncelèrent sur les traités
Et les mots s'ajoutèrent aux mots
Jusqu'à la stérilité et l'immobilité de notre monde.
Je dis cela parce que je vis
En ce siècle déconcertant au-delà de l'expression,
Cruel et terrible, où il nous faut sans plus tarder
Une affirmation de notre condition humaine,
Doublée de preuves rationnelles.

Il marqua une pause, avant d'ajouter :

— Kalabadi. Un poète arabe du XIIe siècle. Il est mort d'ailleurs.

Il donna l'accolade au ministre qui n'en pouvait mais, l'embrassa sur l'épaule gauche à la manière des Bédouins. À cet instant précis, sa main gauche fut totalement indépendante de sa volonté. Elle subtilisa ce qu'elle subtilisa.

— Je vous souhaite une bonne santé physique et mentale dans la « boulitique », dit l'inspecteur.

Il ouvrit doucement la porte et sortit. Dans l'antichambre, les messieurs gris en costume gris étaient toujours là, avec leur égoïsme et leur veulerie. Ali cracha et passa son chemin, en fredonnant les premières mesures de *l'Enfant dansant*, un poignant concerto pour luth solo du compositeur irakien Mounir Bashir.

2

Docteur Hajiba Mahjoub

Les bras chargés d'un bouquet de roses rouges, l'inspecteur Ali fit une entrée remarquée dans le bureau du docteur Hajiba Mahjoub. C'est-à-dire qu'il s'immobilisa aussitôt sur le seuil, les yeux ronds. Devant lui, il y avait la splendeur des splendeurs : une jeune femme d'une trentaine d'années qui lui souriait d'un air engageant — à lui, Ali ! Des cheveux de jais tombant en cascade. Des yeux de gazelle que mettaient en relief des lunettes sans monture. Un visage d'un ovale parfait, avec des fossettes aux joues, Seigneur Dieu ! Et un teint de cannelle, celui qu'il préférait, par Allah et Belzébuth !

— C'est pour moi ? dit-elle d'une voix feutrée. Comme c'est gentil ! Posez-les quelque part et veuillez prendre place, je vous prie.

L'inspecteur resta là, dansant d'un pied sur l'autre. Désespérément, il se creusait les méninges, à toute vitesse, afin d'en extraire le compliment le plus adéquat en l'occurrence. Sa pomme d'Adam montait et descendait le long de son cou maigre. Il avala sa salive et finit par lâcher :

— C'est impossible.

— Qu'est-ce qui est impossible ?

— Vous, répondit-il avec des trémolos dignes de Rudolf Valentino. La blouse blanche, ça va. Les lunettes, ça peut aller à la rigueur. Mais vous, non, ça ne va pas du tout. Dites-moi vite que vous êtes une houri descendue tout droit du paradis ou, à défaut, une star de Hollivoud... Pamela Anderson, j'imagine ?

Sans cesser de sourire, Hajiba Mahjoub répliqua de la même voix douce :

— Pour me faire bien comprendre, je vais essayer de maîtriser le vocabulaire avec une précision concrète. Si vous êtes venu me voir pour raison professionnelle, je puis vous accorder quelques instants. Si c'est pour me conter fleurette, autant débarrasser le plancher sans plus tarder.

L'inspecteur comprit au-delà de l'incompréhension. Il reprit pied sur terre et remisa son romantisme dans les oubliettes d'un passé révolu, hélas ! Se pouvait-il que la beauté ait plusieurs visages, même celui de la glace polaire ?... Il jeta le bouquet de fleurs sur le bureau et se vautra dans un fauteuil. Il dit :

— À trop préciser le langage, on finit par le vider de sa substance. Mon hommage était sincère, mademoiselle Mahjoub, une formalité poétique pour lier connaissance.

— *Docteur* Mahjoub, si nous devons nous montrer formalistes, *monsieur* Ali.

— Oui, bien sûr, *docteur* ! dit Ali.

Dans sa bouche le mot était une insulte, et Hajiba Mahjoub se dressa, rouge de fureur.

— Les gens de votre espèce, surtout s'ils sont flics et disposent d'une parcelle de pouvoir, ne supportent pas qu'une femme soit autre chose qu'une baiseuse sans cervelle, n'est-ce pas ?

— Je peux vous assurer que tel n'est pas le cas en ce qui vous concerne, fit remarquer l'inspecteur d'un ton suave.

Souriant d'une oreille à l'autre, il ajouta :

— Maintenant que vous êtes debout, il ne

vous reste qu'à contourner votre bureau et descendre au sous-sol en ma compagnie pour me montrer le cadavre dans tous ses états. Je n'ai que quelques instants à vous consacrer, professionnellement.

Le tiroir métallique glissa sans bruit. Mû par une impulsion subite, l'inspecteur Ali dit :

— Ce n'est pas *lui*.

C'était *lui*. Aucun doute possible. Il l'avait reconnu dès le premier coup d'œil. Cet homme qui venait de quitter la vie, Ali avait fait sa connaissance naguère, bavardé longuement avec lui, partagé un repas frugal. Et c'était comme s'il l'avait photographié à jamais dans un des classeurs de sa mémoire.

— Vous êtes sûr ? demanda le Dr Mahjoub.

L'inspecteur ne fit pas comme s'il n'avait pas entendu : il n'entendit effectivement rien — sinon la résonance de ces trois mots : « Vous êtes sûr ? » Le cerveau lancé à plein régime, il se pencha sur le cadavre, scruta le lobe de ses oreilles, l'interstice des doigts, les paumes, les ongles, la configuration des orteils, avec la minutie d'un spécialiste de l'identité judiciaire. Il ajouta du temps au temps. Il avait besoin de temps pour donner le change et surtout pour donner forme et consistance à l'idée folle qui venait de le submerger soudain. Oh ! oui, l'affaire était explosive et il savait d'avance comment la déminer. Lentement, comme à regret, il repoussa le tiroir frigorifique. Puis il se releva en se massant le bas du dos.

— Montons dans votre bureau, si vous le voulez bien.

— Pourquoi êtes-vous certain que ce n'est pas *lui* ?

— Parce que j'en suis certain. Vous avez un boulot de première dans lequel vous excellez, d'après votre dossier que j'ai consulté en haut lieu. Vous êtes bardée de diplômes. Je n'en ai aucun. Mais, dans mon métier de flic, je travaille tout aussi consciencieusement que vous. Voyez-vous, j'ai une particularité due sans doute à un hasard de chromosomes : je n'oublie jamais un visage. Jamais. Je vous parie les yeux fermés que je saurais vous reconnaître dans dix ans, vingt ans, même si vous deveniez toute ridée et qu'il vous poussait une moustache, ce qu'à Dieu ne plaise ! Vous permettez ?

Il attira vers lui le téléphone, décrocha l'écouteur, forma un numéro à toute vitesse et dit :

— Le déjeuner est prêt ?... Je vais être un peu en retard... Un tajine au citron confit et au miel ? C'est le plat que je préfère, ma parole d'horreur !... À tout de suite !

Il raccrocha, la face réjouie. La vie avait un sens. Cette enquête aussi. Le tout était de prévoir les moindres détails, avec une légère avance sur le temps.

— Bon ! En attendant ce festin, revenons à nos moutons avec leurs quatre gigots, histoire de gagner ma croûte à la sueur de mon front. Toujours travailla, jamais reposa, même ici à Marrakech. De quoi a défunté le feu ?

— Quoi ?

— Le défunt de fraîche date. Le pauvre vieux qui est en bas dans sa glacière. De quoi est-il mort ?

— Rupture du cou, répondit Hajiba Mahjoub. (Elle avait repris son calme, son sourire peint.) Au niveau de la deuxième et de la troisième vertèbre cervicale.

— Il se l'est rompu tout seul ?

— Non, bien sûr que non. Vous plaisantez ?

— Tout à fait. Ma façon de plaisanter est de dire la vérité. Et je plaisante tout le temps. Cela me permet de m'instruire. Fractures ?

— Multiples, consécutives *stricto senso* à la chute brutale dans le puits. Occiput défoncé, fractures du bassin, de la clavicule gauche, des deux tibias.

— Parfait ! conclut l'inspecteur. Ces éléments scientifiques vont m'aider grandement à étoffer mon rapport.

Il tira de sa poche un carnet usagé, le feuilleta, trouva une page blanche où il entreprit de dessiner un palmier-dattier qu'un paysan était en train de scier pour en faire tomber les fruits mûrs. Il referma le carnet, le rangea avec soin. Il était content pour le plouc — content aussi de la manière dont évoluait la conversation par les chemins de traverse. Il fronça les sourcils et se composa une mine d'étudiant studieux pour demander :

— Et que donnent les résultats médicaux

proprement dits ? Analyses de sang et tout ça ?

— Pas grand-chose, répondit le Dr Mahjoub. Groupe sanguin B +, créatinine RAS, pas trace d'alcool ou d'alcaloïde, pas trace de calculs rénaux, pas de problème prostatique, le PSA est à 0,7 %, ce qui est tout à fait remarquable à cet âge.

— Quel âge ?

— Environ cinquante ans.

— C'est ce que j'ai constaté, moi aussi. Cet homme n'aurait pas dû mourir si vite. Mais le voilà sans vie aucune, Dieu repose son âme ! Groupe sanguin B +, avez-vous dit ?

— Oui. Les analyses du labo sont formelles sur ce point.

La question qui suivit, l'inspecteur Ali aurait pu ne pas la poser. Il avait deux yeux et c'étaient de bons yeux qui avaient enregistré les moindres détails tout à l'heure au sous-sol. Mais le tajine n'était pas tout à fait cuit. Encore quelques minutes de patience...

— Vous avez fait les prélèvements pour les tests de l'ADN ? Ce truc à la mode dont parlent les médias ?

— Non, dit Hajiba Mahjoub, parfaite-

51

ment détendue. Nous ne sommes pas outillés pour ce genre d'opération, hélas ! Si des prélèvements doivent être faits, il faudrait les envoyer au laboratoire scientifique de Lyon.

— N'y comptez pas, dit Ali. Ce serait la galère d'obtenir les quatre ou cinq signatures idoines, dont celle du ministre de l'Environnement. D'ici là, la salive du bonhomme aura largement le temps de sécher. Et l'autopsie ?

— Je ne l'ai pas encore pratiquée. Mes deux assistants doivent venir cet après-midi de Rabat.

— Qu'ils y restent ! laissa tomber Ali.

— Pardon ?

— La météo affirme qu'il fait dix-sept degrés dans la capitale, alors qu'ici la température avoisine déjà les trente degrés et il n'est pas encore midi, ça ne me gêne pas d'ailleurs. Je suis né dans un four public où l'on cuisait du bon pain au temps jadis. Et les empreintes digitales ?

— Elles sont là, bien nettes. Regardez.

L'inspecteur regarda, hocha la tête. Le PC individuel qu'il avait apporté avec lui en cas de besoin, il l'installa sur ses genoux, promena l'index sur le curseur : *d'autres empreintes* apparurent sur l'écran.

— Regardez, dit-il à son tour. Une loupe pourrait établir les différences.

Elle ouvrit un tiroir, s'empara d'une loupe bifocale, regarda, compara, scruta. Et puis elle resta là, le dos droit, comme absente à elle-même. Ce n'est que quelques secondes plus tard qu'elle perçut réellement une voix de pentecôtiste, d'aéroport, de bienvenue à bord :

— ... Il ne faut pas vous en faire pour ça, docteur ! L'erreur est humaine. Je dirais même que c'est la seule qualité des bipèdes. À trop maintenir sa monture sur place, on se retrouve chevauchant un cheval de bois. Le doute est salutaire dans nos certitudes. Il fait évoluer la science. Vous le savez mieux que moi, docteur.

Posément, il faisait craquer ses phalanges l'une après l'autre, comme s'il les comptait à mesure.

— Les empreintes digitales constituent une preuve irréfutable. Il y en a une autre : le groupe sanguin. Celui du bonhomme est du groupe AB. Je suis flic, c'est mon métier d'in-vestiguer les investigations. Troisième preuve tout aussi médicale : il a subi l'année dernière une opération d'un cancer à la prostate, par résection si je n'estropie pas le vocabulaire *ad hoc*. Normalement, il devrait être sous traitement continu : une pilule de Casodex par jour et une injection trimestrielle de Décapeptyl 11,25. Ce sont des hormones femelles de synthèse, je ne vous apprends rien. Mais il n'en trouve pas toujours, vu qu'il est recherché par toutes les polices du monde. Dans ces conditions, l'analyse du PSA devrait être très élevée, 17 ou 19 dans le meilleur des cas, au lieu du taux 0,7 que vous avez mentionné. Et puis il y a des détails secondaires, collatéraux si vous préférez : l'homme que je connais intimement a le lobe de l'oreille droite percé comme celui d'une femme ; il a une petite cicatrice sur le front, à la base des cheveux ; les gros orteils sont très séparés des autres, le « pied romain » comme on dit. Vous avez enregistré tous vos résultats sur un disque dur, y compris les empreintes digitales, je parie ?

— Oui, souffla-t-elle. Nous sommes informatisés.

— Parfait ! conclut l'inspecteur Ali. Je vous en félicite... Oh ! une dernière question :

54

ce disque dur, vous n'en auriez pas fait une copie par hasard ? Dupliqué ?

— Il aurait fallu que je me connecte sur un autre ordinateur et je ne dispose que d'un seul, comme vous pouvez le constater.

— Parfait ! répéta l'inspecteur Ali en se levant. Il ne me reste qu'à vous remercier pour votre précieuse collaboration. Le tajine doit être prêt à l'heure qu'il est et j'ai grand faim.

Son PC au bout du bras, il sortit en chantant à tue-tête une vieille ballade de Mohamed Abdel Wahab (qui était mort d'ailleurs) :

D'où viens-tu, étranger ? dis-le-moi !
Où donc vas-tu, étranger ? dis-le-moi !
Combien de déserts as-tu traversés ? dis-le-moi !
Sur combien de mers as-tu vogué, étranger ?
Combien de fleuves as-tu descendus ? dis-le-moi !
Sol-sol-sol mi-fa-sol, mi-sol-fa, mi-la-sol-fa-mi-ré...

C'était un air très joyeux. Agglutinés sur le trottoir, une douzaine de badauds discutaient de football en gesticulant. Ils en venaient presque aux mains : apparemment, les avis partagés n'étaient pas partagés. Moteur au ralenti, un taxi attendait au coin de la rue. Le chauffeur somnolait au volant. L'inspecteur Ali s'installa à côté de lui et dit :

— Réveille-toi. C'est l'heure de la prière.

— Tout de suite, chef, répondit le chauffeur.

En un seul et même geste, il passa les vitesses, embraya, démarra.

— Et alors, Bouzid, le tajine est prêt ?

— Oui, chef. Elle a passé un coup de téléphone dès que tu es sorti de son bureau. J'ai tout enregistré.

— Parfait ! Fais-nous entendre le rock de ton klaxon. Deux longues et deux brèves.

Ce fut comme un signal. Les fanatiques du ballon rond s'engouffrèrent dans le bâtiment de l'Institut médico-légal. Au même moment surgissait une ambulance. Deux infirmiers en descendirent, portant à bout de bras un cercueil en bois blanc.

— Ils vont embarquer la bonne femme ? demanda Bouzid.

— T'as pas encore fait tes classes, répondit Ali. Tu comprends rien. Mes gars vont lui poser des questions de rien du tout, chacun son tour, histoire de l'occuper. Comment va la maman ?... Il fait beau, n'est-ce pas ?... Ce sont des lunettes à verres progressifs que vous portez, docteur ? Ce genre de trucs, la routine, quoi ! Pendant ce temps, les infirmiers vont faire le vrai travail au sous-sol. Tu saisis ?

— T'es un fortiche, toi ! s'écria le chauffeur en écrasant le champignon.

— Pas besoin de mettre au trou cette très jolie jeune femme. Elle a des diplômes et elle n'est pas chômeuse. Pas besoin de la tabasser non plus. Ce n'est que le premier maillon de la chaîne et il était prévisible à l'œil nu. Je vais la laisser mariner dans son jus. Tu comprends ?

— Non, fit Bouzid ébahi.

— Moi non plus.

Le front barré d'un pli entre ses sourcils touffus, l'inspecteur Ali réfléchissait, supputait. Il était 13 heures à Marrakech et, par conséquent, 13 heures à Rabat. Selon toutes probabilités, le ministre devait être chez lui, à table ; il avait eu une matinée chargée, débordée. Après le déjeuner, il irait faire une bonne sieste comme tout officiel digne de sa qualité.

Ali composa le numéro du portable top secret et dit sans reprendre son souffle :

— Pas le temps de vous expliquer, Excellence. Les charbons sont ardents et je suis assis dessus. Et puis les paroles ne tiennent qu'à un fil téléphonique et le silence est de dollar qui a remplacé l'or depuis belle lurette. Votre fils Rachid est à vos côtés, je présume ?... Il se fera une joie de vous expliquer de quoi il retourne. Passez-le-moi, je vous prie, c'est urgent... Allô, Rachid ? Ça boume ? Tout à fait d'accord avec toi, mon grand : l'école c'est nul, surtout celle que tu fréquentes en nœud papillon, on peut même pas y fumer de l'herbe, à part des brins du gazon. Bon, écoute voir : dans une minute montre en main, je t'envoie un message texto. Tu le traduiras à ton papa et ensuite tu effaces le tout, motus et bouche cousue, hockey ?

Il compta jusqu'à 60, puis tapa le texte suivant :

C bi1 lui mé G prouV ke C pa lui
ua U 1 F8 mé je lé colmaT
Lé QriE vt Degerpir bi1to
pist C cho vs zaPL mm voi

3

Le jardinier

Pleurant à chaudes larmes, Hassan embrassait les mains de l'inspecteur Ali, rampait sous la table pour lui baiser les pieds, les genoux. Ce faisant, il ne cessait d'invoquer en vrac Allah, le Prophète et les saints du paradis, dont Moulay Driss le fondateur de Fès et du Maroc, et un certain Salomon vénéré avec la même ferveur par les juifs et les musulmans.

— La bénédiction soit sur toi, mon frère ! Que l'âme de tes parents repose en paix, ainsi que celle de tes aïeux et de tous tes ancêtres ! Que ta progéniture soit nombreuse et que le Tout-Puissant remplisse ta maison d'abondance ! Tu m'as sorti de prison, tu dois être quelqu'un, dis donc ! Tu t'es amené tantôt et tu as dit : « Libérez-le fissa. » Et ils m'ont libéré ! J'étais dans les ténèbres sans pouvoir remuer ma langue et me voici libre du jour au lendemain, grâce à toi ! Sois béni, mon frère, dans ce monde et dans l'autre !...

— T'as pas bientôt fini ? lança Ali de sa voix de flic. Laisse mes mains, j'en ai besoin pour manger. Et touche pas à mes genoux, je suis pas pédé. Dégage ! Sinon, je vais te balancer un coup de tatane dans les parties.

C'étaient les mots qu'il fallait employer dans ce cas de figure, au sens physique de la compréhension. Hassan sortit de sous la table à reculons, un petit homme d'une quarantaine d'années, trapu et boitillant. L'inspecteur lui lança une serviette à la volée.

— Mouche-toi avec et va poser tes fesses quelque part loin de ma vue, le plus loin possible. Tu me coupes l'appétit.

Il souleva le couvercle de la marmite en terre que venait d'apporter Bouzid dans un immense taxi, directement du four public juif du *mellah*. C'était succulent, rien qu'au fumet et à la vue. La famille du vieux rabbin avait préparé la recette avec amour, selon la tradition : les pieds de veau avaient été sciés en deux pour en dégager la moelle, puis fichés dans un kilo de blé dur, afin que cette moelle reste entière et intacte en cours de cuisson. On avait recouvert le tout avec de l'eau de pluie, la quantité suffisante pour que le blé gonfle. À l'aube, on y avait ajouté deux cuillerées d'huile d'olive première pression, une autre de cumin pilé dans un mortier en cuivre, deux pincées de sel, une pincée de poivre blanc et du safran en stigmates comme on n'en trouvait plus, même dans la médina. C'était la *hargma* des temps anciens, la vraie de vrai. Puis on avait enfourné la marmite au chant du coq (le célèbre coq enroué du rabbin) et, durant sept heures d'horloge, la *hargma* avait mijoté — mijoté sans jamais bouillir. J'en ai l'eau à la bouche. J'aurais bien voulu être aux côtés de l'inspecteur Ali, mais il ne m'avait pas invité ce jour-là.

Donc, il souleva le couvercle, huma. Et aussitôt, au fond de son cœur et du fond de son cœur, il bénit les juifs — non, pas les Israéliens et les sionistes qui avaient dénaturé, renié leurs propres lois jusqu'à se renier eux-mêmes — mais les vrais juifs éparpillés de par le monde qui avaient su garder et préserver leur voix authentique pour le bénéfice

61

de l'humanité entière. Il dit sur un ton de prière :

— J'étais un mécréant, avec un vernis de foi. Mais grâce à vous, frères sémites, je deviens enfin un croyant. Dieu existe. Je viens de le rencontrer dans cette marmite du paradis. *Bismillah ! Shalom !*

— *Bismillah !* répétèrent à l'unisson Bouzid, Mohammed et Smaïl, trois gars de sa police privée.

Et ils se mirent à piocher dans le plat à main nue et à se délecter avec délectation. Le plus béat de tous, le plus raffiné aussi, c'était Ali : l'auriculaire dressé en l'air selon les bonnes manières de la bourgeoisie de Fès, il ne se servait que de quatre doigts, mais avec une telle dextérité qu'il pêchait les plus gros morceaux. C'était si tendre et si fondant, rappelant à son animalité romantique la loge des adducteurs des femmes, cette partie que Dieu leur avait accordée. Dieu devait aimer les femmes, assurément, se disait Ali en se léchant les doigts. Quant aux grains de blé, ils étaient cuits *al dente*, à souhait. Ils avaient absorbé le suc des pieds de veau et la quintessence des épices. Gonflés et goûteux, on eût dit ces

« grains de roi » dont raffolaient les Abbassides de Bagdad. Les califes d'antan, Haroun Ar-Rachid en tête, les mettaient en bouche, juste pour les sucer. Et comprenne qui pourra...

— L'art se perd, dit Bouzid. Je n'en ai pas trouvé dans les McDo.

— Passe-moi la cruche, lança l'inspecteur.

Elle était remplie de *lben* — pas ce *el leben*, selon le vocabulaire agro-alimentaire des supermarchés — mais le véritable petit-lait du pays qui avait fermenté dans une outre en peau de bouc. Trois jours et trois nuits durant, des mains habiles de paysannes avaient secoué cette outre pendue à une branche d'un olivier, jusqu'à ce que leur ouïe eût perçu le bruit ténu de la séparation de la caséine. Ali s'en versa un verre à ras bord. Les autres l'imitè-rent. Des grumeaux de beurre jaune surna-geaient à la surface.

— Allah ! s'exclama l'inspecteur après avoir vidé son verre d'un trait.

Ses compagnons poussèrent le même cri d'allégresse : « Allah ! »

— J'ai été il y a deux ou trois ans en Amérique pour les besoins d'une enquête, dit Ali en fendant un pain rond dans le sens de l'épaisseur. M'est avis que les autochtones de ce pays sont passés directement de la barbarie à la décadence sans connaître la civilisation, pas même celle de la vieille Europe. C'est bien simple : j'ai fait Ramadan là-bas tout le temps de l'enquête. Le premier Ramadan de ma vie.

Il prit un os, puis deux, et en fit couler la moelle à l'intérieur du pain. Mohamed, Bouzid et Smaïl en firent autant. Personne ne parla pendant qu'ils dégustaient ce dessert des desserts. Pas un mot, pas un souffle. Ils étaient installés sur des sièges en rotin, sous l'auvent de la salle de musique qui sentait le renfermé à plein nez et dont on avait rabattu les vantaux du portail monumental.

— Buch-buch ! fit soudain l'inspecteur Ali. Viens par ici. N'aie pas peur. Buch-buch !

Il attrapa le chat famélique qui rôdait depuis un bon moment, la queue entre les jambes, sans oser s'approcher. Il le souleva et le posa délicatement sur la table, lui fila un pied de veau à moitié intact, du pain, un reste de *lben*, la sauce qui stagnait dans le fond de la marmite.

— T'es quoi, toi ? lui demanda-t-il. T'es un témoin ? T'as vu quelque chose ? Tu peux me dire qui a précipité le vieux dans le puits ? D'accord ! T'as faim. Alors mange. Mange, je te dis ! Je parie que t'as jamais tendu la patte pour demander l'aumône à la porte d'une mosquée ou d'une banque. T'es pas un chien arabe, pas vrai ? Mange !

— On aurait pu mettre le bonhomme dans le four public des juifs, fit remarquer Bouzid. Il aurait dégelé en un rien de temps.

— Bien sûr, répondit Ali. On aurait pu. On aurait pu tout aussi bien chanter les Dix Commandements de la Bible version Maison-Blanche, sans trop se soucier du sens des mots. Ils n'ont pas de complexes, ces vaillants défenseurs de la démocratie. T'as vu à la télé comment ils trimbalent les chiottes dernier cri dans le désert irakien ?... Tu viens, Minou ? On va faire la sieste. Il y a de bons divans et des fauteuils là-dedans. Buch-buch ! Viens, mon vieux !...

La queue soudain dressée comme un minaret, le poil hérissé, le chat ne voulut rien entendre. Il avait peur d'entrer dans la salle de musique.

Quatre-vingts mètres plus loin, à l'autre bout du jardin intérieur planté de cèdres centenaires, d'oliviers, de bigaradiers, de citronniers et d'arbustes odoriférants, il y avait une vaste cuisine où se morfondait une jeune fille brune. Quelques heures plus tôt, l'inspecteur Ali était venu tambouriner à la porte de sa maison Bab Doukkala, dans les faubourgs de Marrakech — une bicoque où elle vivait, autant que faire se pouvait, dans la non-intimité la plus flagrante, en compagnie de ses deux sœurs, de sa mère (son géniteur avait depuis longtemps abandonné le domicile conjugal), de sa grand-mère acariâtre, de son oncle chômeur, de la femme de son oncle confite dans la piété et de leur fils dont ils ne savaient que faire. Trois pièces à tout compter, mais il y avait le patio et la terrasse avec une vue imprenable sur la mosquée Al Koutoubia. Ali savait tout d'elle. Tout, dans les moindres détails.

— Bonjour, Hind, lui avait-il dit avec un grand sourire. Bien dormi ? Le jour ne va pas tarder à se lever. Je suis tout à fait d'ac-

cord avec toi, ma belle : tu as bien fait d'in-
cendier le consul général de France. Tu lui as
dit textuellement : « Marrakech n'est plus
ma ville natale. Elle est devenue un dépotoir
peuplé de corrupteurs corrompus, de prosti-
tuées et de pédés. Il est grand temps que
quelqu'un qui a des couilles jette un bidon
de Javel dans cette merde ! » C'est ce que tu
lui as dit mot pour mot. Et c'est ton em-
ployeur qui plus est, ton patron. Bravo, mon
agnelle ! Il n'a pas compris, le pauvre, malgré le yaourt de sa diplomatie. Si j'avais été
avec toi ce jour-là, je me serais fait un plaisir
de lui traduire tes invectives dans la langue
de Rabelais. Habille-toi et rejoins-moi au
riyad vite fait. C'est là que ce hallouf civilisé
reçoit ses invités de marque, hey ? C'est là
où tu trimes du matin au soir pour des clo-
pinettes. Mais il emploie un mot du dictionnaire pour qualifier l'esclavage qu'il a bien
voulu t'octroyer : tu es son « intendante ».
Intendante !... Mille dirhams par mois, c'est-
à-dire cent euros. C'est une bonne paye, ma
parole d'horreur ! Tu es bien jolie, tu sais ?

Et il s'en fut en fredonnant une vieille

chanson de la princesse Asamahane. Elle était morte d'ailleurs.

Je n'ai ni père ni mère,
Ni frère ni sœur à qui confier
La passion pour toi qui me consume...

Au riyad, il lui avait donné des instructions précises : nettoyer la maison de fond en comble ; et ne pas toucher aux bouteilles vides qui traînaient dans le vestibule. Elles étaient vides ? D'accord ! Mais elles avaient contenu du vin, breuvage prohibé par le Coran. Pis encore : dans chacune d'elles, il y avait à présent un esprit invisible, un suppôt de la sorcière Aïcha Kendicha. N'aie pas peur, Hind ! L'un de mes adjoints va venir tout à l'heure pour les exorciser avant de les rendre à la consigne. Le flous de cette consigne, il va te le remettre, de quoi acheter des bonbons, tu aimes bien les bonbons, d'après mes renseignements.

— Autre chose, ajouta-t-il sur le ton de la conversation. Si tu montes au premier étage, juste au-dessus de la salle de réception, ménage les livres de la bibliothèque. Tu peux les épousseter à la rigueur et même les essuyer avec une éponge humide. Mais vas-y mollo, ménage tes forces d'herculesse. Ce sont de vieux livres, de très vieux livres. Si jamais tu en ouvres un et le secoues, les pages moisies risqueraient de tomber par terre en morceaux. Ce serait la catastrophe. Tu perdrais ta place, tu comprends ?

Hind avait nettoyé partout, dans les moindres recoins, avec la plus grande minutie et la plus grande énergie. (D'habitude, elle apportait avec elle son transistor qui lui tenait compagnie et lui permettait de prendre de temps en temps une plage de repos. Mais, ce matin-là, elle l'avait oublié dans sa précipitation et elle se sentait bien seule dans sa solitude ; personne, rien ni personne à écouter...) Elle avait secoué les draps et les couvertures, les taies d'oreiller aussi ; donné des coups de poing aux coussins qui n'en demandaient pas tant, pour libérer un semblant de poussière ; curé et récuré les baignoires, les lavabos, la cuvette des toilettes ; frotté, astiqué les robinets et les pommes du tuyau flexible des douches dans les trois salles de bains, sans oublier les miroirs qui pouvaient receler des

empreintes digitales. Puis elle avait fait ron-
fler le gros aspirateur dans toutes les pièces,
horizontalement et verticalement, et même
sous les lits, sur les fauteuils, sur les tapis-
series qui ornaient les murs de la salle de
réception. Les tapis, elle les avait brossés à
rebrousse-poil, avant de passer l'aspirateur en
long et en large. À la suite de quoi, elle s'était
mise à l'ouvrage : l'eau. Elle avait lavé tout ce
qui pouvait l'être, lavagé, lessivé, puis elle
avait déroulé le tuyau d'arrosage, long d'une
quarantaine de mètres, pour asperger l'allée
centrale et les allées latérales du jardin intérieur, les murs, les massifs de fleurs, les arbres
jusqu'à la cime : ils avaient grand soif et où
donc était passé ce fainéant de jardinier ?

En cours d'opération, elle avait rempli des
sacs-poubelle de tout ce qu'elle traitait à voix
haute de saletés : papiers, journaux, restes de
savonnettes, débris de verre, reliefs de nourriture dans le frigo; tranches de jambon, et des
« choses » gluantes en latex transparent dont
elle ignorait le nom et l'usage. Tout à l'heure,
elle ouvrirait la porte d'entrée pour déverser
toutes ces ordures dans la carriole de l'éboueur,
en vrac. Il en ferait le tri comme à l'accoutu-

mée. Il passait généralement vers midi. Bien que pauvre d'entre les pauvres, il était aussi croyant que son vieux cheval qui tirait la carriole à pas lents. Il acceptait son sort tel un phare dans la nuit de l'ignorance.

Non, Hind n'était pas montée faire le ménage dans la bibliothèque. Depuis quelques jours, il circulait dans la médina une rumeur amplifiée par les commentaires des commères : il y avait un fantôme dans la bibliothèque. Et Hind n'avait aucune envie de le rencontrer... d'autant qu'au début de la matinée l'inspecteur Ali avait fait allusion à Aïcha Kendicha, la sorcière qui vivait habituellement dans un puits et dont on menaçait les enfants qui disaient des gros mots. Elle n'avait pas non plus touché aux bouteilles vides, même avec sa serpillière espagnole. Un adjoint de l'inspecteur était venu les récupérer en récitant des formules incantatoires et incompréhensibles. Il les avait saisies par le goulot avec une pincette en bois et les avait déposées une à une dans un sac-poubelle. Vêtu d'une djellaba blanche et la tête enturbannée, il avait une barbe bien taillée et un chapelet autour du cou. « Drôle de flic !

71

s'était dit Hind. C'est sûrement un ouléma. »
De but en blanc, elle lui avait demandé son
nom et il lui avait répondu d'une voix onc-
tueuse : « Mohamed. La paix soit avec toi, ma
fille ! C'est terminé. » Et elle s'était sentie
aussitôt rassérénée.

Il lui restait cependant une pièce à nettoyer :
la salle de musique où l'inspecteur Ali et ses
hommes étaient en train de converser à mi-
voix. La porte était ouverte, par où sortait un
nuage de fumée de tabac et de kif. Hind
s'avança sur le seuil, toussota pour attirer l'attention, et puis... Et puis elle se sauva en courant, haletante, sans émettre le moindre cri :
trônant au centre de la salle, il y avait un cercueil.

Et maintenant elle était là, assise sur un
tabouret, les bras ballants, se morfondant dans
la cuisine où elle s'était réfugiée. Comment
vaincre la peur ? Comment la chasser de son
esprit, de son corps ? Boire une pleine théière
à nouveau, jusqu'à l'énervement le plus total ?
Refaire la vaisselle pour occuper ses mains ?
Machinalement, elle alluma le téléviseur (elle
l'avait astiqué auparavant), appuya au hasard
sur un bouton de la télécommande. Apparut

le logo de CNN au coin gauche de l'écran. S'animèrent les images. Un prêche d'Oussama Ben Laden serait le bienvenu — une rediffusion de *Terminator*, à la rigueur...

La salle de conférence était bondée de chrétiennes et de chrétiens se bousculant et criant dans leurs téléphones portables. Les cheveux gris et vêtu d'un costume bleu, le héros entra, petit, le regard fuyant. Mais pourquoi était-il si faraud ? Il n'accorda pas un seul coup d'œil à l'assistance, protégé qu'il était par une escorte de gardes du corps (et, sembla-t-il à Hind, par le sentiment de sa propre importance. « C'est un film comique, se dit-elle. » Elle aimait bien rire). *Donc, le héros qui ressemblait à Laurel en version colorisée se fraya un chemin dans la cohue, jusqu'à l'estrade. Il s'assit entre deux drapeaux américains. Il fut aussitôt bombardé de flashes et de projecteurs dardés sur lui par les équipes de télévision. Une jeune femme en robe rose bonbon vint placer devant lui une carafe d'eau et un verre. Il but une gorgée en fronçant les sourcils. Il tapota le micro de l'index et dit : « Ladies and gentlemen... »* (Hind augmenta le son. En pure perte. Le héros parlait en anglais et elle ne comprenait pas un traître mot. Fort heureusement, CNN avait pensé aux téléspectateurs arabophones : il y avait des sous-titres en arabe, mais... mais ils défilaient de gauche à droite — ce qui était un non-sens. Hind s'efforça néanmoins de saisir quelques mots à la volée, dans l'autre sens, de droite à gauche. Elle sentit la migraine envahir soudain son crâne. Où trouver un cachet d'aspirine dans cette fichue cuisine ?...) Revenons à la version originale du téléfilm, traduite en français pour plus de clarté, sans les « euh », les « hmmm » et sans l'accent nasillard.

« *Mesdames et messieurs* », *commença Laurel ou son sosie*, « *je crois que quelques-uns d'entre vous ne me connaissent pas encore très bien. Je suis le Président des États-Unis d'Amérique. Si nous vous avons réunis ici ce soir, c'est pour vous annoncer un grand pas en avant dans le destin de la Nation.* »

Ayant dit, il but une autre gorgée d'eau et serra les mâchoires afin de retenir un sourire de plaisir devant l'excitation qu'il avait suscitée.

« *Nos armées viennent d'entrer à Bagdad... Ayez l'amabilité de me laisser développer ma pensée* », *dit-il, interrompant le brouhaha.* « *C'est un grand pas en avant pour le monde arabe, un très grand pas...* »

74

Et soudain, il se tut et resta là, à fixer les caméras d'un air désorienté, comme s'il s'était pris les pieds dans ses propres mots et ne savait plus comment s'en dépêtrer. Le flottement gagna les images qui se gondolèrent, avant de s'estomper et de disparaître de l'écran. Une voix off annonça : « Mesdames et messieurs, nous vous prions de bien vouloir nous excuser pour cet incident technique indépendant de notre volonté. Restez à l'écoute de votre chaîne préférée, CNN. »

Hind éteignit le poste, écœurée. Elle dit à voix haute :

— Pauvre Laurel ! T'aurais dû rester chez toi avec ton copain Hardy. Ces émirs des Émirats ont des montagnes de fric, des chaînes de télé dernier modèle, et ils sont pas foutus de faire un film comique.

— Tout à fait d'accord avec toi, approuva Ali. Ils savent même pas exploiter leur pétrole.

Il était pieds nus et avait les bras chargés d'une énorme marmite dans laquelle il avait mis quatre verres et la cruche qui avait contenu le *lben*.

— Pousse-toi de là. Je vais laver ces bricoles.

— Laisse ! dit Hind en se levant précipitamment. C'est mon travail.

— C'est le mien aussi, rétorqua Ali. Ce n'est pas demain la veille que je vais perdre l'usage de mes mains.

Il se dirigea vers l'évier et rinça la marmite, la cruche et les verres, d'abord à l'eau chaude, puis à l'eau froide. Il ferma les robinets, s'essuya les mains avec un torchon de cuisine, en prenant tout son temps. Quand il se retourna, ce fut tout aussi lentement.

— Tu as toujours peur, Hind ?

— Oui, reconnut-elle dans un souffle.

— À partir de cette heure et de cet instant, tu n'as plus de raison d'avoir peur. Que met-on dans un cercueil ?

— Un mort.

— Ou une morte, dit Ali en éclatant de rire. Regarde-moi en face et écoute avec tes deux oreilles.

L'inspecteur avait toujours tablé sur *l'intelligence* de la crédulité humaine. Si paradoxal que ce soit, cette tactique avait donné d'excellents résultats dans la plupart de ses enquêtes.

Il suffisait d'abonder dans le sens de ses interlocuteurs, de renforcer leur crédulité avec des preuves rationnelles ou censées l'être. Les sectes n'agissaient pas autrement. Les religions non plus. On pouvait même pousser l'absurde jusqu'à le rendre plus logique que la logique mathématique et transformer le surréalisme en réalisme concret — témoin ce manager japonais qui avait fait fortune en vendant sur Internet des crottes de chien : il les avait simplement enrobées d'une couche d'or. Cheminant le long de l'allée qui menait vers le salon de musique, l'inspecteur Ali entreprit d'expliquer à Hind, le plus sérieusement du monde, que oui elle avait eu raison de croire qu'il y avait un fantôme dans la bibliothèque ; que ce fantôme s'était caché dans une des bouteilles vides, mais que l'imam Mohamed, vénérable ouléma d'entre les oulémas, l'en avait délogé à l'aide de formules connues de lui seul ; et que, mais oui, bien sûr, il l'avait matérialisé en chair et en os ; tiens-toi bien : c'était la vieille sorcière Aïcha Kendicha. Ses adjoints Bouzid et Smaïl l'avaient maîtrisée et lui, Ali, l'avait étranglée de ses mains que voilà. On a tout dans la police, tu sais : des

gardiens de la foi, des politiciens, des banquiers, des marchands de tapis et même des
flics, comme moi.

— Tu veux que je soulève le couvercle du
cercueil ?

— Non, non, dit Hind en faisant un pas
en arrière.

— T'as bien raison. Elle n'est pas belle à
voir. Plus hideuse que ta grand-mère, mais
morte, hein ? À ta place, je pousserais ta
mémé dans l'escalier. Ce que nous allons faire
de la sorcière ? La brûler cette nuit, loin d'ici,
dans la décharge publique. Rentre chez toi,
paisible et apaisée. Mon enquête est terminée.
Reviens demain matin vers huit-neuf heures
avec une douzaine de beignets chauds. C'est
moi qui vais nettoyer le salon.

Elle partit sans demander son reste. Si un
reliquat d'épouvante l'habitait encore, elle
était à présent persuadée que l'imam en djellaba blanche était un saint et que l'inspecteur
Ali était l'as des as de la police, plus fort que
James Bond ou le lieutenant Columbo. Un
instant plus tard, Ali et ses acolytes entendi-
rent claquer la porte d'entrée.

— Hmmm ! fit Mohamed. Euh... Hmmm !
Tu crois qu'elle a gobé ton truc ?

— Je ne suis pas infaillible, répondit l'inspecteur. Je suis faillible. Je suis entré dans sa
faillibilité, c'est tout. Tu sais aussi bien que
moi que nous vivons à une époque où la
modernité la plus clinquante et la plus tapa-
geuse se conjugue à la plus ancestrale des
ignorances. Heureux les simples d'esprit !
disait l'autre. Smaïl ?

— Oui, chef ?

— Va me chercher ce jardinier de malheur. Il doit se terrer quelque part dans un
buisson.

Le téléphone portable se mit à vibrer. Ali
prononça un seul mot : « Allô. » Il écouta
longuement, avec patience. Puis il conclut :

— Je connais. C'est un proverbe français.
En voici un autre : « En mai, fais ce qu'il te
plaît. » Bonne chance pour ta grille de mots
croisés ! C'est un excellent passe-temps, ça
aide les chômeurs.

Il coupa la communication, regarda ses
assistants.

— C'était Miloud. Il ne s'est pas nommé. Il s'est contenté de rigoler et de me poser des colles, du genre : « Qu'est-ce qui différencie les femmes des hommes ? Haha ! La vaisselle et la conception, haha ! » Et il m'a débité un adage : « Si le bœuf remplit la grange, c'est aussi le bœuf qui la mange. »

— Bien joué, s'exclama Bouzid. C'est un flic malin, ça veut dire qu'il a repéré le type à qui la légiste a téléphoné et qu'il est en train de lui bourrer le mou.

— Et tu lui as donné carte blanche, ajouta Mohamed, puisqu'en mai on fait ce qui nous plaît. T'as même parlé de mots croisés pour détourner le sens de la conversation, au cas où son portable serait sur écoute.

— Xactement, reconnut l'inspecteur.

— Et cette doctoresse Hajiba je ne sais pas quoi, qu'est-ce qu'on en fait, chef ?

— Rien pour l'instant. Elle est en train de se mordre la langue.

Avec Hassan, il employa sa tactique favorite : l'interrogatoire en yoyo.

— Entre, mon vieux. Oh ! mais tu es tout trempé ! T'as pris une douche ?

— Non, monsieur l'inspecteur. C'est elle.

— Qui ça, elle ?

— La femme. Elle m'a arrosé tout partout avec son tuyau.

— Quelle femme ?

— L'intendante.

— Tu la connais ?

— Pas très bien, monsieur l'inspecteur. Je viens qu'une fois par semaine. Elle a arrosé le chat aussi.

— Quel chat ?

— Le chat de la maison. Le pauvre petit minou !

— Comment elle s'appelle ?

— Hind. Elle est pas commode, malgré sa jeunesse.

— Voyez-vous ça ! Et toi, comment tu t'appelles déjà ?

— Hassan, monsieur l'inspecteur.

— Ah ! C'est toi le jardinier ? Entre, fais comme chez toi. Tu n'es plus en prison. Installe-toi où tu veux. Il y a des fauteuils, un divan, des chaises, t'as qu'à choisir. Tu peux même t'asseoir sur le cercueil. Tu notes, Bouzid ?

Bouzid consulta un semblant de calepin. Il avait l'air sévère, comme s'il officiait au commissariat central.

— J'ai tout noté, chef. « Devant nous, officier de police adjoint, a comparu le dénommé Hassan. Il déclare qu'il est jardinier à la petite semaine. Il est trempé comme une serpillière et il tremble comme une feuille. Il vient de s'asseoir par terre, tournant le dos au cercueil. C'est louche. »

— Mets-toi à l'aise, mon vieux, reprit aussitôt l'inspecteur Ali. Tu veux une cigarette ?

— Je ne...

— Tu ne fumes pas, t'as bien raison. Le tabac nuit gravement à la santé, ça bouche les poumons comme les égouts de la médina. Sans compter le cancer. Tu sais ce que c'est, le cancer ?

— Non, reconnut le jardinier, totalement désorienté.

— Et du kif ? du bon kif du Rif ? Tu veux que je t'en bourre une pipe ?

— Eh bien... euh... je ne dis pas non.

— Pas de kif ! trancha Ali de sa voix de flic.

L'« imam » Mohamed égrenait son chapelet en remuant les lèvres, quatre-vingt-dix-neuf grains du chapelet traditionnel qui correspondaient aux quatre-vingt-dix neuf attributs de Dieu — il y manquait le centième qui était censé être le Nom suprême du Créateur, mais personne ne l'avait encore trouvé depuis la nuit des temps, même en s'y cassant les dents et la foi. Smaïl se curait les ongles avec un bout d'allumette. Bouzid relisait consciencieusement ses notes (les différentes combinaisons du prochain tiercé). Il s'éclaircit la voix, puis récita en détachant les mots :

— Suite de l'interrogatoire du présumé : « Ses vêtements commencent à sécher sous le feu roulant des questions de l'inspecteur-chef. Il ne fume pas, il n'y a donc aucune raison de le passer à tabac. Le cancer, il connaît pas ; les égouts, si. La livraison du kif a été interrompue avant-hier à Marrakech, vu qu'il y a un nouveau commissaire divisionnaire et que les dealers ne lui ont pas encore graissé la patte. Voilà pourquoi le dénommé comparaissant devant nous, officier de police-adjoint, est nerveux. »

Et il referma son carnet. Le silence s'installa, l'heure tourna. Hassan commençait à regretter sa liberté retrouvée. Ali jugea que le moment était propice pour lui assener l'argument du mensonge, puisque le mensonge avait souvent l'efficacité de dessiner les confins de la vérité.

— J'ai étudié ton dossier, dit-il. Il est vide. Tu n'es qu'un pauvre homme, honnête peut-être bien, mais pauvre assurément. Tu ne te souviens pas de ton passé, tu ne te souviens même pas de ta mère. Elle est morte en couches. Tu étais son premier enfant, et par conséquent le dernier. Tu ne l'as pas connue et c'est bien normal. Elle était notre voisine, elle venait apporter son pain, de son vivant s'entend, dans le four public où je suis né. Elle bavardait avec ma mère à moi, mais ça tu ne pouvais pas le savoir puisque tu n'étais pas encore de ce monde. Toutes deux sont à présent dans l'au-delà, qu'Allah repose leur âme ! (Ici, l'inspecteur se moucha. Le jardinier avait les larmes aux yeux.) Les années se sont ajoutées aux années, tu as grandi et survécu je ne sais où ni comment, et moi je suis devenu flic, le chef de la police criminelle. Revenons à ton dossier, j'ai hâte de le refermer. Tu n'as ni frère ni sœur, ce qui est l'évidence même. Tu n'as pas d'enfants non plus vu que tu ne t'es pas marié, même de la seconde main, et tu vis dans une cahute à cinq ou six kilomètres d'ici. On va la raser un de ces jours, je te signale : une affaire immobilière et juteuse, si mes renseignements sont bons. Et ils le sont. Une espèce de golf pour des parvenus sans culture ni foi, mais tu ne sais pas ce qu'est le golf. Ces étrangers qui ont séjourné ici la semaine dernière et laissé derrière eux un tas de cochonneries, tu les as vus ?

Pour avoir mené nombre d'enquêtes dans les milieux les plus divers, Ali savait bien qu'on pouvait renoncer à tout, sauf à l'enfance. Heureuse ou malheureuse, elle constituait les fondations de l'existence. Même la Bible débutait par la Genèse — et le Coran par la Fatiha, « l'Ouverture ». Et ce fut un quadragénaire qui lui répondit avec une voix d'enfant :

— Juste un peu, m'sieur. Pas beaucoup.

— Ils étaient combien ?

85

— Sept, inspecteur. Des Nazaréens.

— Y avait pas parmi eux un Arabe avec une barbe ? déguisé en costume-cravate ?

— Ça non ! s'écria Hassan, outré. Je suis jardinier. Je sais reconnaître la bonne herbe de la mauvaise herbe.

— Un type qui avait une mallette au bout du bras ?

— Pas de mallette. Rien.

— C'était quand ? Quel jour tu les as vus ?

— Mercredi dernier. Je travaille ici le mercredi. Je me demande où ils ont dormi à eux sept, vu qu'il n'y a que trois chambres à coucher.

— Je me le demande aussi, dit Ali en se grattant la tête. Et comment peux-tu être sûr qu'ils ont partagé trois lits ? Peut-être bien à tour de rôle ? Hein, à ton avis ?

— J'étais resté tard ce mercredi-là. J'avais attendu le coucher du soleil pour arroser. La terre était sèche et les fleurs avaient soif. Les Nazaréens baragouinaient dans leur baragouin et allaient d'une chambre à l'autre. Ils étaient en pyjama. C'est simple, non ?

— C'est simple, en effet, reconnut l'inspecteur. Et l'un d'eux avait une longue barbe ?

— Maintenant que tu le dis, ça me revient. Oui, il y avait un barbu, mais c'était pas un Arabe comme nous. Il jargonnait dans leur jargon.

L'« imam » Mohamed s'était voilé la face. Smaïl se curait les dents avec la même allumette qui lui avait servi pour désencrasser ses ongles. Bouzid résuma la situation en ces termes :

— Mon carnet est plein à ras bord, mais j'ai tout noté dans ma tête. Le présumé déclare qu'il a vu sept infidèles, dont un muni d'une barbe. Le prévenu est très pudique. Il n'est pas allé contrôler ce qui se passait dans les chambres à coucher. Il a accompli son boulot de jardinier, puis il s'est taillé. Le comportement suspect des convives ne l'intéressait pas.

Hassan souriait béatement, avec une certaine noblesse. C'est à cet instant-là que l'inspecteur Ali lança l'attaque :

— Et ton père ? demanda-t-il.

— Mon père ? bredouilla le jardinier.

— Oui, ton père. Tu n'en as qu'un, je crois. Où est-il ?

— Dieu seul le sait... J'étais tout petit quand il est parti en Europe... Mais je m'en souviens comme si c'était d'hier... Il m'a confié à une tante qui a quitté la vie, elle aussi. Elle n'avait pour tout bien qu'une chèvre... Il m'a donné un sou en cuivre et il est parti... Il disait qu'il allait revenir bientôt avec des sacs et des sacs remplis de pièces d'or... L'Europe est une mine d'or, qu'il disait en prenant Allah à témoin... Il suffisait de balayer ou d'y faire des travaux de terrassement. Il n'est jamais revenu, n'a jamais donné de ses nouvelles.

— Il est peut-être mort à l'heure qu'il est, suggéra l'inspecteur.

Mohamed ouvrit pour la première fois la bouche. Il avait une voix de basse profonde.

— Misère est notre misère et périssables sont nos corps ! psalmodia-t-il. Et quand il ne subsistera plus rien ici-bas, il subsistera la Face sublime du Seigneur.

— Amen ! murmurèrent ses collègues, comme s'ils s'étaient trouvés dans une mosquée de Kerbala, avec les bombardiers américains au-dessus de leurs têtes. Amen !

Ali ne perdit pas un iota de temps pour revenir à la charge.

— Et le mort ? demanda-t-il d'un ton suave.

— Le mort ?... Ah ! le cadavre dans le puits ?

— Lui-même, en chair et en os. Xactement. Que je te rappelle les faits, s'ils sont devenus confus dans ta tête ! Tu es venu mercredi dernier. Les étrangers avaient vidé les lieux la veille. Qu'est-ce qui a guidé tes pas vers le puits, hey ?

— Je ne sais pas, monsieur l'inspecteur.

— L'instinct peut-être ? Tu as entendu parler de l'instinct, j'imagine ? Les animaux en ont beaucoup, les humains deux ou trois.

— L'instinct est cette petite parcelle de la lumière divine qu'Allah a placée en chacune de ses créatures, expliqua Mohamed d'un ton docte. C'est écrit dans le Coran.

— T'as entendu parler du Coran au moins ? demanda Ali.

— Oui, bien sûr, monsieur l'inspecteur. Comme tout le monde. Mais je sais pas lire.

— Comme tout le monde, renchérit Ali. On sait qu'il existe un bouquin intitulé le Coran, mais on ne l'ouvre presque jamais. C'est comme ce vieux puits. Il est tari depuis longtemps et tu le sais depuis longtemps. Et donc, tu t'es penché par-dessus et tu n'as pas vu d'eau dedans. Tu y as vu un cadavre.

— Oui. Un cadavre.

— Qu'est-ce que tu as fait ensuite ? Raconte, geste par geste. Les faits.

— J'ai couru chercher l'échelle. La grande échelle, bien sûr. Je l'ai balancée dans le puits, je suis descendu et j'ai remonté le pauvre homme sur mon dos. Ça n'a pas été facile, vu qu'il était tout raide. C'était un musulman.

— Ah bon ? explique-moi ça.

— Il était tout nu. Son zeb...

— Ça va. On a compris. N'insiste pas.

— Je veux dire que son membre était...

— On a compris. Il en manquait un petit bout, d'accord ! Et qu'est-ce que tu as fait ensuite ?

— Je suis allé dans la buanderie. J'ai trouvé un drap blanc et j'ai enveloppé le défunt avec, des pieds à la tête. J'ai fait un nœud en haut et un autre en bas, selon la coutume.

— Et tu ne l'as pas reconnu ?

— Reconnu ?

— Tu ne l'avais jamais vu auparavant ?

— Non, monsieur l'inspecteur.

— Et tu as appelé la police ?

— J'aime pas la... je veux dire : je connais pas le numéro de la police. Mais Allah est grand. Parce que juste à ce moment-là, le téléphone s'est mis à sonner. J'ai décroché et j'ai gueulé : « Il y a un mort. Venez vite. »

— C'était une voix d'homme ou une voix de femme ?

— Alors, je ne sais pas. On a raccroché sans un mot.

— Parfait ! conclut l'inspecteur. Tu as sorti le cadavre du puits, tu as constaté que c'était un musulman de sexe mâle et tu l'as soustrait au regard malsain des vivants. Mais tu ne l'as pas reconnu. Tu n'as pas reconnu ton instinct. L'instinct rend aveugle parfois. On lui tourne le dos, comme tu le fais présentement. Il est ici, dans ce cercueil. Pivote sur tes fesses et regarde.

Hassan se retourna à contrecœur. L'effroi

était dans ses yeux, dans le tremblement de ses mains. Ali enfonça le clou. Il dit :

— Ce n'est qu'un assemblage de planches. Mais j'ai un bon tournevis si tu veux rendre hommage au mort avant de l'enterrer.

— Non, non, protesta le jardinier. C'est déjà fait. J'ai dit : « Dieu repose ton âme », et puis je l'ai emmitouflé dans son linceul.

— Il y a le contenu et il y a le contenant, dit Ali avec une extrême lenteur pour donner du poids aux mots. Il y a l'apparence et il y a la réalité. Tu as de bons yeux, d'accord ! Tu as vu, mais tu n'as pas regardé. Il est vrai que tu étais tout petit quand ton père est parti chercher fortune en France. Tu l'as manqué de peu et il t'a manqué de peu. C'est *lui*.

Maigre et sec et flic dans l'âme, il pouvait être à l'occasion accessible à la pitié. Et c'était précisément le cas. Conçu de main de maître, son plan n'allait pas tarder à aboutir, avec la compassion qu'il fallait et un peu d'eau bénite musulmane. Il se leva et vint s'accroupir auprès de l'adulte orphelin qui sanglotait sans larmes et sans bruit.

— Ton père était un brave homme, ignorant et naïf comme toi. J'ai retrouvé son dossier dans les archives, à Rabat. Hassan II et Driss Basri ont régné longtemps dans notre cher et vieux pays. Ils ont constitué un gigantesque fichier où chaque citoyen figure dans sa vie publique et dans sa vie privée. C'est ainsi que j'ai étudié le dossier qui te concerne. Et celui de ton père, Lhoucine. Hadj El Houcine, plus exactement. Il est allé en Europe avec pour seul bagage la disponibilité de ses bras. Il a été docker et balayeur à Marseille pendant un an ou deux, de quoi amasser un petit pécule, puis il s'est embarqué vers l'Arabie Saoudite. Les Saoudiens l'ont accueilli en frère, lui ont ouvert leurs portes et leur cœur en grand, leur bourse aussi. Ce sont de vrais Arabes, pas comme nous avec une teinture d'Islam qui part au premier lavage. Ils appliquent la charia à cent pour cent : « Le pauvre, dit la charia, il ne faut pas l'opprimer ; l'étranger, il ne faut pas le repousser. » Texto. C'est pour ça qu'Allah les a récompensés : il leur a donné le pétrole. Plein de pétrole, à ne savoir qu'en faire. Et le flous qui va avec, sans compter les lieux saints dont ils sont les gardiens. Et alors, ils ont formé ton père dans l'une de leurs prestigieuses universités. Il est devenu ingénieur des ponts et chaussées, architecte, promoteur immobilier, bâtisseur et j'en passe. Son dossier est épais, très épais, 450 pages. À un certain moment, il a même fréquenté intimement Bush, le Président de l'Amérique. Pas celui-ci, dont on parle à la télé de Bagdad, mais l'ancien, le géniteur de ses jours, tu comprends ? Ce Bush-là et ton pauvre père ont travaillé ensemble dans une compagnie de pétrole avec la bénédiction de la CIA... C'est des flics américains de la police secrète. La bénédiction aussi des Saoudiens. T'as jamais vu un dollar ? Non, n'est-ce pas ? Sur un billet d'un dollar, il est écrit en anglais : *In God we trust*. Ce qui signifie dans notre langue claire et intelligible : « En Dieu nous croyons. » Eh bien, les Saoudiens appliquent ce précepte coranique avec la même ferveur. Le reste, tu le devines. Ton père est devenu immensément riche. Et puis un jour, il a ressenti le besoin de rentrer dans son pays natal et de te serrer dans ses bras. Il est venu ici, dans ce riyad, et s'est dirigé vers le puits qu'il avait foré de ses propres mains avant de s'expatrier. Le puits était sec, sans une goutte d'eau. La chaleur, l'émotion ? Va savoir ! C'est

bien simple : il est tombé dedans de saisisse-
ment. Et tu n'étais pas là. C'est le Destin.

La pitié était grande dans sa voix, aussi
tangible et sincère que la naissance ou la
mort. L'« imam » en djellaba prononça d'un
ton grave :

— Allah s'est adressé aux êtres humains
en ces termes écrits dans le Coran : « Nous
avons créé la mort et la vie afin de faire de
vous, oui de vous, notre meilleure œuvre. »

Il joignit les mains et ses collègues l'imitè-
rent. À l'unisson, ils psalmodièrent la Prière
de l'Absent.

— Lève-toi devant la vie, Hassan ! conclut
Ali. Va falloir redescendre ton père dans le
puits. C'est dans le puits qu'il a rendu l'âme
et c'est là qu'il doit reposer à jamais.

Ils aidèrent le pauvre homme à se redres-
ser. Ils attachèrent une corde en nœud marin
autour du cercueil, le firent glisser doucement le long du puits. Ils y envoyèrent
l'échelle. Muni d'une pelle, Hassan posa les
pieds sur le premier échelon, puis sur le
second, le troisième... Sa tête disparut à hauteur de la margelle.

— T'as apporté le ciment et le sable ?
demanda l'inspecteur.

— Tout est dans le coffre de la bagnole,
répondit Bouzid. Deux sacs de ciment, quatre
de sable. Et des pierres pour mettre par-dessus. Des pierres d'époque, couvertes de moi-
sissure verte.

— L'avion est prêt ?

— Fin prêt, dit Smaïl.

Ils retroussèrent leurs manches et se mirent
à l'ouvrage. Mohamed dut ôter sa djellaba, à
son grand regret. On pouvait se salir les
mains, mais pas les apparences.

Une heure plus tard, ils étaient attablés
autour de la collation rituelle ; des dattes et
du lait. Les dattes pour le ciel, inaccessible à
l'homme, si hauts que soient les minarets ; le
lait pour le triomphe de la vie. L'inspecteur
Ali ramassa les noyaux et entreprit de les ali-
gner en une configuration à peu près géomé-
trique.

— C'est une petite maison, expliqua-t-il
au fur et à mesure. Il y aura une chambre ici,
une autre à l'autre bout. Et au milieu, un

patio. Ce sera bâti en dur, avec des galets. Tu aimerais vivre dans cette maison, Hassan ?

— Et comment ! s'exclama Hassan, la face réjouie. (L'incompréhension était dans sa voix et dans ses yeux.)

— L'air est pur, on ne peut pas trouver mieux. L'océan Atlantique est tout proche, tu entends la musique des vagues ? Hein, Hassan ? La paix, la tranquillité loin du bruit et de la fureur du monde... très loin d'ici, à Dakhla dans le Sahara occidental, à quelque mille cinq cents kilomètres à vol d'oiseau. Qu'en dis-tu, mon frère ?

— Je...

— Ça t'en bouche un coin, hey ? Ton père avait tout prévu. Cette maison dont je te cause, elle est déjà construite. Elle t'attend. C'est la tienne. Tu y coucheras dès ce soir. Comment tu vas t'y rendre ? Par avion. Un avion spécial t'attend à l'aéroport de Ménara. Le lieutenant Smaïl que voilà va t'accompagner jusqu'à Dakhla. Il fera le nécessaire sur place pour le titre de propriété et tout ça... Le gouverneur de la province et les adouls te le remettront en bonne et due forme, ainsi qu'une grande enveloppe bourrée de billets de

97

banque... Laisse mes mains, j'en ai besoin pour rouler un joint. Ce n'est pas moi qu'il faut remercier, mais ton père. Rends-lui grâce matin et soir, en te levant et en te couchant. C'était un homme de bonté et d'honneur. Et, si ça se trouve, tu te marieras là-bas avec une jolie fille, une Sahraouia comme on n'en fait plus, vaillante et ardente...

Étendu sur le dos entre deux massifs de fleurs, l'inspecteur Ali contemplait les étoiles — ces fleurs du ciel que l'homme essayait vainement de reproduire dans ses jardins. Elles étaient amicales et chaudes. Chacune d'elles était à la fois un point obscur et un point lumineux du cœur humain, sans commencement sans durée sans fin. De l'une à l'autre, le temps remontait vers le passé et revenait pour aller à la recherche de l'avenir. Elles étaient si lointaines, si proches. Ali n'avait que huit ans lorsque son père s'était rompu le cou en descendant dans le noir pour allumer le four public. L'escalier était vermoulu... Huit ans, l'inspecteur les avait encore à l'âge adulte, ici et maintenant. Prosaïque, le téléphone portable des temps présents se mit soudain à vibrer. C'était le ministre. Ali retrouva aussitôt sa réalité de flic et la vacuité des mots.

— Ah ! C'est vous, Excellence ? Vous tombez à pic. Figurez-vous que j'ai déniché cet après-midi un document qui vaut son pesant d'or et devinez où ? Dans une échoppe de la médina ! Un vieux bouquin qui vient en droite ligne de la librairie du Vatican. Comment il a atterri là, entre un sac de pois chiches et un tas de charbon de bois ?... Moi, plaisanter ? Attendez la suite, Excellence. Je cite : *Pendant deux journées entières, sa tête fut traînée et couverte de crachats et d'injures ignominieuses et on la coiffa du béret des Juifs et on lui enleva et brisa la couronne qu'il portait...* Non, Excellence, nous ne sommes pas à Bagdad, mais à Rome, en l'an 1559 de l'ère chrétienne... Quoi ? Mais bien sûr, ça a un rapport avec l'enquête, tous les chemins mènent à Rome, écoutez la suite : *Quelques heures après la mort du pape Paul IV, le peuple s'est rué au Capitole pour abattre la statue du pontife défunt, dont il trancha le chef et le fit rouler dans les rues de la ville jusqu'à ce qu'il finisse dans le Tibre...* Non, monsieur le Ministre, pas le Tigre, le

Tibre ! Et il y a des détails qui laissent rêveur, je poursuis texto : *Ces pratiques étaient courantes dans la Ville éternelle à chaque décès des papes. La foule en liesse se précipitait vers les palais de la famille du pape défunt pour les mettre à sac et n'en laisser que les murs nus.* Fin de citation. C'est très instructif, vous ne trouvez pas ?... Vous disiez ?

— Vous avez terminé ? (La voix du ministre avait une intonation étrange, quelque chose comme la politesse glacée du pays d'en haut.)

— Oui, Excellence.

— Dans ce cas, puis-je vous parler ?

— C'est ce que vous êtes en train de faire.

— Quoi ?

— C'est ce que vous faites en ce moment. Me parler.

— Je veux dire en tête à tête.

— Face à face ?

— C'est cela même, inspecteur. Demain matin à la première heure, dans mon bureau.

— Mais vous m'avez déjà vu hier dans votre bureau. Je n'ai pas changé. C'est l'affaire qui a changé. Elle est terminée. Vous pouvez dormir sur vos deux oreilles, Excellence.

Et il coupa la communication, mit son portable sur le répondeur (une chanson populaire de Nas-al-Ghiouane). Contemplant les étoiles dans leur multiple splendeur, il *absorbait* leur réalité. Êtres pensants par essence, les bipèdes humains rejetaient d'un revers de main les failles de leur propre réalité, organisaient et régentaient le monde autour des apparences. Quand quelqu'un vous montre la lune du doigt, c'est surtout ce doigt que l'on regarde. Lui jouer ce tour de passe-passe, à lui, Ali ? Haha !... « Absorbait »... boire... Et soudain l'inspecteur fut secoué d'un fou rire en se remémorant une blague que Bouzid lui avait racontée. Voici la scène : quatre consommateurs de nationalités différentes sont attablés à la terrasse d'un café : un Américain, un Français, un Chinois et un Écossais. Ils commandent une bière. Dans chacun des quatre verres qu'on leur sert, il y a une mouche. L'Américain jette la bière et la mouche. Le Français jette la mouche et boit la bière. Le Chinois jette la bière et grignote la mouche. Quant à l'Écossais, il met soigneusement de côté la mouche, sirote sa bière et vend la mouche au Chinois. Natif du Maroc profond,

Ali se sentait l'âme d'un Écossais de pure souche. Il allait vendre le faux dossier à qui de droit, en fabriquer un au besoin qui aurait toutes les apparences de la réalité. Oh ! que non. L'affaire n'était pas terminée. Elle ne faisait que commencer. Il en avait l'intime conviction. Mais il fallait des preuves matérielles.

Il monta dans la bibliothèque, alluma une bougie du chandelier et s'assit sur un tabouret. Il ne fouilla rien, ne fureta nulle part. Il se mit à réfléchir. Une pendule sonna. Le balancier égrena le temps, lentement, inexorablement. Deux autres sonneries retentirent — deux heures du matin. Tous ses sens aux aguets, toute sa faculté d'imagination tendue à rompre comme un arc, Ali interrogeait sa mémoire, ressuscitait dans ses souvenirs l'homme qu'il avait connu autrefois et qui venait de quitter la vie. On l'avait attiré dans un piège, c'était l'évidence même. Mais il était très intelligent, intelligent et pieux... Pieux ? L'inspecteur se leva d'un bloc, se dirigea vers un rayonnage de livres poussiéreux qui garnissait tout un mur et, frémissant, il en extirpa un vieil exemplaire du Coran. Il le reconnut tout de suite : l'homme qui était mort ne s'en séparait jamais. S'il l'avait laissé là, inséré parmi d'autres volumes de poésie, d'histoire ou de sciences, ce n'était pas sans raison. Ali l'ouvrit, mouilla l'index du bout de sa langue, tourna les pages à la volée. Il ne chercha pas. Il trouva.

Il trouva la sourate que le défunt préférait entre toutes. Il l'avait annotée dans la marge. Lisant ces notes, Ali eut la sensation physique que son âme remontait indiciblement entre ses clavicules. Le message était là, le plan et les coordonnées du Réseau. Le but, les hommes et les moyens. La bougie brûla jusqu'à l'aube. « L'aube » : la sourate qui commençait par ce mot était d'une clarté aveuglante.

4

Tanger

Brusquement, il n'y eut plus d'ordures ménagères sur le trottoir ou en pleine chaussée, pas un seul mendiant, pas le moindre mégot. Pourtant, c'était la même rue centrale qui menait tout droit vers la médina. Un bref instant, l'inspecteur Ali suspendit son pas, puis il reprit sa marche en direction du Minzah, le vénérable hôtel cinq étoiles dont s'enorgueillissait la ville de Tanger. Quelque cent mètres plus loin, les détritus et les nécessiteux retrouvaient leur droit de cité. Coiffé d'un tarbouche rouge à gland et drapé dans son burnous d'apparat, le portier qui montait la garde sur le seuil de ce sanctuaire pour VIP imposait le respect et l'autorité par sa seule présence. À la vue d'Ali, il fronça les sourcils : qu'est-ce que c'était cet olibrius en costume chiffonné, sans cravate, avec pour tout bagage une petite valise en carton bouilli ? Presque à la même seconde, son indignation se mua en un demi-sourire : un rouage venait de se déclencher dans sa tête. Il fit un pas de côté pour laisser entrer l'inspecteur.

Ali se dirigea vers la réception afin de s'enquérir tout à trac des horaires des repas. Le jeune cadre mi-chauve qui officiait derrière le comptoir avait une qualité fort rare : la politesse professionnelle dénuée de toute trace d'humour.

— Oh ! oui, monsieur, s'empressa-t-il de répondre. Vous avez le choix entre la restauration occidentale première qualité et la gastronomie marocaine la plus raffinée. Les horaires ? Eh bien, le petit déjeuner est servi de 7 heures du matin à 10 heures, le déjeuner de midi et demi à 16 heures, et le dîner à partir de 20 heures, jusqu'à minuit.

— C'est embêtant, fit remarquer l'inspecteur Ali. Cela ne me laisse guère le temps de visiter la ville.

— Effectivement, dit l'employé en consultant l'écran de son ordinateur. Vous avez fait une réservation, monsieur ?

— *De minimis non curat pretor.*

— Je vous demande pardon ?

— C'est du latin, une langue que parlait Jules César. Elle est morte, d'ailleurs. L'un de mes secrétaires a dû se charger des basses contingences terrestres. La réservation, par exemple.

— Oui, bien sûr. Quel nom, monsieur ?

Ali laissa tomber négligemment :

— Émir Ali ibn Ali Al-Chorti, de la Sûreté de Qatar.

— Toutes mes excuses, monsieur l'Émir. Je ne vous avais pas reconnu.

— La réciproque est vraie... Ah ! j'allais oublier : si le roi me téléphone, transmettez-lui mes hommages et dites-lui que je le rappellerai ce soir, entre la poire et le fromage. Je vais prendre une douche.

Un liftier surgit, fit une révérence et s'empara de la valise fatiguée de l'inspecteur. Et ce fut dans l'ascenseur, puis dans le couloir désert du troisième étage qu'il rendit compte de sa mission à son chef, sans prononcer un mot : uniquement par un jeu véloce et complexe de ses doigts selon le langage des sourds-muets. Il ouvrit la porte de la suite, déposa la valoche sur la table du salon chargée d'une corbeille de fruits et tendit la main, paume ouverte.

— Tenez ! prenez ça, mon brave, lui dit Ali.

— Oh ! merci, monseigneur, s'exclama le liftier avec une émotion si manifeste qu'elle traversait les murs. Merci infiniment.

Et il sortit à reculons. S'il mit la main dans sa poche, ce fut pour jouer son rôle jusqu'au bout. En fait de pourboire, il n'avait reçu que du vent, zéro, *oualou* en arabe dialectal. Et s'il venait d'échanger avec son chef quelques paroles de circonstance, c'était par mesure de précaution. Flic expérimenté, il avait inspecté l'hôtel de fond en comble. Rien de suspect. Mais va savoir avec la technologie moderne ! Elle ne cessait de creuser un fossé de plus en plus profond entre l'homme et son instinct.

L'instinct. L'intuition... L'inspecteur Ali se regardait dans le miroir de la salle de bains. Des yeux d'un vert soutenu dans un visage maigre et basané, cheveux touffus, moustache taillée en brosse, dents brunies par le tabac et le kif. Le physique de l'emploi ou la tête d'un

suspect, au choix. Derrière son image, il revoyait une toile de maître qui avait jadis frappé
son imagination, au musée d'art moderne de
New York où le hasard avait conduit ses pas.
La Pipe, de René Magritte. La scrutant d'un
œil totalement profane, il n'y voyait qu'une
pipe, au sens le plus figuratif du terme. Elle ne
pourrait jamais servir à fumer. Elle ne senti-
rait jamais le tabac. Alors pourquoi cette
admiration béate et ces commentaires ineptes
des amateurs d'art et assimilés ? La différence
était disproportionnée entre l'objet du délit
(une simple pipe, qu'il pouvait acheter chez
un buraliste, au coin de la rue) et l'émoi
incompréhensible qu'elle suscitait. Et soudain, ce fut le déclic. Ce fut cette pipe-là qui
permit à l'inspecteur Ali de résoudre les
tenants et les aboutissants d'une multinatio-
nale cotée dans toutes les places financières de
la planète et qui n'existait que sur le papier
— fictivement. C'était à l'époque où le locataire de la Maison-Blanche était un certain Bill Clinton. On l'avait remplacé par un
autre président, mais qu'est-ce qui avait
changé en définitive aux USA et dans le

monde ? Les mots peut-être ? Les Cantiques, voire la Bible ?...

Si l'art n'avait pas de frontières, le crime n'en avait pas non plus. Cette affaire de Marrakech qui l'occupait depuis tantôt une semaine lui rappelait celle de New York. Elle était simple, *trop simple*, comme la toile de Magritte. Un cadavre avait été découvert dans un puits. On avait demandé à Ali de l'identifier et il l'avait identifié. Plus exactement, on l'avait incité — incité diplomatiquement — à s'en débarrasser. Et il s'en était débarrassé de belle manière : en le remettant tout simplement dans ce même puits, avec du mortier et de vieilles pierres par-dessus, là où aucun limier, fût-il de la CIA ou du MI 5, ne penserait pas un instant à fourrer son nez. Il avait prouvé au Dr Hajiba Mahjoub, médecin légiste de son état, qu'elle s'était trompée sur l'identité du cadavre. Prouvé scientifiquement. Il avait agi de telle sorte que les témoins ne puissent plus être interrogés. Le jardinier était à présent au fin fond du Sahara occidental, heureux et confit dans le culte de son père. Quant à Hind, l'inspecteur l'avait engagée comme gouvernante, chez lui, à

Rabat, avec un confortable salaire, pour s'occuper de Sophia, sa chère et tendre épouse qui attendait son premier enfant. De toute façon, Hind n'avait plus peur ni fantasme. Ne l'avait-il pas persuadée profondément que lui et ses hommes avaient étranglé la vieille sorcière Aïcha Kendicha, avant de brûler sa dépouille dans la décharge publique ? Le riyad ? Disposant des pleins pouvoirs, il l'avait réquisitionné. Deux de ses coéquipiers, des types coriaces, y logeaient depuis quelques jours avec leur marmaille et leur smala. Pour le ministre de l'Intérieur, pour le gouvernement, pour le Palais, l'affaire était close à leur grand soulagement. Pas de vagues, surtout pas de vagues ! La façade était sauve. L'immobilisme, le surplacisme, la baraka au sens digestif du terme. L'Irak était à l'autre bout du monde, Bassora et le choléra n'étaient pas leur problème, la Palestine n'entrait pas dans la ligne de leurs références, la Tchétchénie encore moins. L'arabitude et l'islamitude étaient des mots passe-partout. Un vieil homme était mort et enterré ? Bon débarras !

Pour l'inspecteur Ali, c'était tout à fait autre chose, élémentaire et viscéral : la rage, le devoir de violence, la révolte immédiate pour l'accession immédiate à la vie immédiate. Maintenant qu'il était en possession du vrai dossier de l'affaire, il voyait les cartes et le dessous des cartes. William Shakespeare n'était pas un flic, certes, mais il avait exprimé la même évidence : un arbre pouvait cacher la forêt. Il avait illustré ce qui crevait les yeux, dans ses tragédies sur la comédie humaine. Ali n'était pas un poète, mais un flic. Qu'appelait-on le Réseau ?... ou la Nébuleuse ?... Le cadavre était bien celui de l'homme que recherchaient tous les services secrets du monde depuis le 11 septembre 2001. Mais pourquoi l'avait-on tué ? tué à Marrakech ? Ali se regardait dans le miroir de la salle de bains. Son visage était devenu dur, effrayant. Foi de flic, il allait sortir des placards d'autres cadavres, de quoi tout foutre en l'air. De décennie en décennie, l'intelligence humaine s'atrophiait, se sclérosait. Toute idéologie était morte, toutes les lois étaient désormais précédées d'un fusil.

Miloud lui avait fait son rapport, avec le langage des sourds-muets. Quelques pièces du puzzle, anodines de prime abord, lourdes de signification. Miloud était l'un de ses meilleurs agents. Demain, dans une semaine ou dans un an, il accomplirait une autre mission avec la même aisance que celle de liftier : marchand des quatre-saisons, contrebandier, islamiste professionnel... Des gars comme lui n'avaient ni fonction officielle ni insigne. Au besoin, ils dévalisaient une banque pour nourrir leurs familles. Les renseignements ne leur manquaient pas. Et ils ne se connaissaient pas entre eux. Ali leur téléphonait à tour de rôle, tantôt pour une enquête de routine, tantôt pour une rapine. C'était la vie.

Il ouvrit sa valise et en tira trois feuillets rédigés à l'avance, à en-tête de la direction générale de la Sûreté nationale. Adressé respectivement à Mr George Tenet (directeur de la CIA), à sir Henry Westlake (Scotland Yard) et à Mr Edward D. Hamilton (du MI 5), le texte en était le même, mot pour mot. Le voici, le tampon officiel et la signature illisible de l'inspecteur Ali en moins :

C'est moi. Je vais bien. Et vous ? Il fait beau ici. Et chez vous ? Vos touristes auront du mal à dénicher la recette de la pintade aux fines herbes et tomates sucrées. Je vous la communique avec plaisir, sans vous réclamer de droits d'auteur, bien entendu. La pintade est un volatile pacifique, mais un peu bête. Sa chair est très estimée, disons que sa tête est mise à prix par les chasseurs et les gastronomes, à condition de savoir l'accommoder comme il faut. Je présume que vous n'avez pas de tajine de par chez vous ? Ça ne fait rien. Autre pays, autres mœurs. Prenez une marmite, en terre cuite de préférence, avec un couvercle. Ouvrez la pintade le long du dos et aplatissez-la le plus possible. Saupoudrez-la avec un mélange d'origan, de romarin et de genièvre écrasés, la valeur de deux cuillerées à soupe. Arrosez-la d'huile d'olive et laissez mariner deux heures environ. Saisissez à feu vif pendant dix minutes sur la partie intérieure, puis retournez en badigeonnant souvent avec l'huile de la marinade. Baissez le feu et laissez mijoter une demi-heure. Servez avec des tomates rissolées dans deux cuillerées d'huile d'olive que vous aurez saupoudrées de sucre roux en fin de cuisson. Bon appétit et à bientôt.

Cela n'avait rien à voir avec l'enquête, ni de près ni de loin ? Oui et non. Ali souriait — un fin sourire qui lui plissa le nez à la manière d'un renard. Ce message n'avait aucun sens ? Précisément. Des spécialistes d'outre-Maroc allaient le décoder et lui en donner un, de sens. Ils allaient faire suer leurs ordinateurs à Langley, à Londres et ailleurs, traduire ce texte dingue en anglais, en texan, en arabe, en hébreu, en hindi, en turc, en chinois, en bits et en octets... et le transmettre par ampliation aux différents centres de la lutte contre le terrorisme. À dix contre un, il finirait bien par atterrir sur le bureau de George W. Bush. L'inspecteur était bien content.

Il descendit à la réception et s'adressa à l'employé en ces termes :

— Le Minzah est un bon hôtel. Luxe, calme et volupté, comme disait Charles Baudelaire, un vieux poète français. Il est mort, d'ailleurs. Je vous ai fait marcher tout à l'heure et m'est avis que vous avez gardé votre sang-froid. Je ne suis pas plus émir que vous. Vous vous en êtes rendu compte en pianotant sur le clavier de votre ordinateur. Et qu'est-ce que vous avez trouvé ? Moi-même, en chair et en os. Inspecteur Ali, chef de la police criminelle. Rassurez-vous, je ne fais que passer. Vacances, luxe et volupté dans ce palace pour milliardaires, aux frais de la princesse. Dans mon métier, il faut parfois prêcher le vrai pour savoir le faux, comprenez-vous ? Non, dites-vous ? Moi non plus. À propos d'ordinateur, auriez-vous l'obligeance d'envoyer ces fax sans plus tarder ? Les numéros des destinataires sont imprimés en haut, à gauche. Que je vous explique : les Européens et surtout les Américains sont d'une ignorance crasse en matière de culture. De culture culinaire, s'entend. Ils mangent de la bouffe, des trucs et des beurks, si haut placés qu'ils soient dans la police ou le gouvernement de leurs démocraties. Nous, on n'a pas de démocratie, mais on mange bien. Je leur communique donc la recette d'un bon petit plat, par la voie la plus rapide qui soit. Expédiez immédiatement ces fax et mettez-les ensuite dans mon casier, avec les rapports de transmission. Je sors faire un tour et les récupérerai en rentrant... Ah ! si le cuisinier de cette baraque pouvait m'accommoder cette pintade dans un tajine, j'en serais ravi, ma parole d'horreur !

— Damned ! s'écria soudain le superintendant Westlake.

— Pardon, sir ? demanda le lieutenant Peter Lawer, légèrement surpris.

— Peter, voudriez-vous me rendre un grand service ?

— Avec plaisir, sir. À vos ordres.

— Sortez d'ici au plus vite et refermez la porte derrière vous.

Resté seul, sir Henry Westlake bourra lentement sa pipe. Il ne l'alluma pas. Pas encore. Il avait besoin de retrouver son flegme légendaire, avant de relire le fax que Peter venait de lui apporter. L'hurluberlu donnait de ses nouvelles, la *persona non grata* à Scotland Yard et dans tout le Royaume-Uni ! Avec son air jobard, il pouvait endormir les insomniaques chroniques et les faire tourner en bourrique. Oh ! c'était un détective de génie, il n'y avait aucun doute là-dessus. Mais un détective qui bafouait les lois de la démocratie. Perplexe, sir Henry alluma sa pipe, en tira une bouffée, puis la laissa s'éteindre. Le tabac avait un drôle de goût, aussi étrange (*curious*) que cette recette culinaire qu'il avait sous les yeux. Qu'est-ce que c'était cette histoire de pintade et de tajine ? S'agissait-il d'un canular ou bien d'un message déguisé ? Et dans ce cas, quelle en était la signification ? Il savait d'expérience que l'inspecteur Ali, ce *gus*, était illogique. Il savait également que, derrière cet illogisme, il y avait une ruse de renard. Devant ce cas de figure, la réponse s'imposait d'elle-même : Ali était sur l'affaire et le lui faisait savoir par une voie tortueuse.

Henry Westlake décrocha le téléphone et appela Edward Hamilton du MI 5. Mr Hamilton n'était pas de son avis. Le fax qu'il venait de recevoir à l'instant relevait de la fumisterie pure et simple. Soit dit en passant, il n'aimait pas la pintade — ni les volailles en général. La dinde à la rigueur, une fois par an, le jour de Noël... Bien sûr, il connaissait ce ouistiti d'inspecteur arabe ; mais, sir Henry, *il n'y a jamais eu d'affaire !* C'était une rumeur orientale, rien de plus. Une fumée sans feu. Il avait rappelé ses agents. Le dernier d'entre eux, un Anglo-Irakien, était rentré la veille de

Tanger, furieux et bredouille. Sa correspondante, le Dr Hajiba Mahjoub, médecin légiste, lui avait donné un tuyau crevé. Bref, l'homme du MI 5 était quelque peu contrarié (*put out*). Il avait mobilisé son service en pure perte. Vous savez autant que moi, sir Henry, que Lawrence d'Arabie n'est qu'un lointain souvenir d'une époque révolue et que les ordinateurs ont remplacé depuis longtemps les hommes de terrain... Les logiciels contrôlaient le pouvoir de l'imagination. Et voici que ce satané inspecteur marocain lui proposait une recette de cuisine ! Westlake fit valoir à son honorable interlocuteur que, naturellement, sans l'ombre d'un doute, Ali était un fieffé malotru (*a graduate lout*, en termes diplomatiques), mais qu'il n'avait pas expédié ce fax sans motif... Je suis tout à fait d'accord avec vous, Edward ; quand la raison est bâtie sur des fondations de sable, elle s'écroule avec colère. Mais la faculté de raisonnement de cet homme ne ressemble en rien à la nôtre. Elle est si habile, enchevêtrée dans de tels labyrinthes que pas un esprit occidental n'en soupçonnerait l'existence. Il a l'habitude de travailler en pleine illégalité dans son propre pays et il serait bien capable de réussir là où nos experts ont échoué... Je vous remercie, cher Edward.

Henry Westlake raccrocha le téléphone et se mit à le considérer d'un air pensif. Le dilemme était shakespearien dans sa simplicité : allait-il ou n'allait-il pas appeler le patron de la CIA ? S'il s'y résolut après maintes réflexions, ce fut par acquit de conscience. Un certain Richard Perle lui répondit. Sa voix était psychorigide, son vocabulaire laissait à désirer, son accent écorchait l'oreille raffinée de sir Henry. Ah ! Scotland Yard ? J'en ai entendu parler, Big Ben, Westminster, Buckingham Palace et ce genre de choses... Il fait beau en Écosse ?... Non, George Tenet n'était pas dans son bureau, mais quelque part au Proche-Orient, à Koweit City, je crois... Cet ayatollah de malheur est rentré d'exil, le dénommé Mohamed Hakim, soi-disant chef suprême de la révolution islamique, rien que ça !... Qu'entendez-vous par la lutte contre le terrorisme international ? Vous retardez, Westlake, c'est bien votre nom ? Il s'agit de « terreur » (*terror*) et c'est nous qui nous en occupons, c'est notre business. C'est moi, Perle, qui coiffe la CIA, le FBI et les autres services de renseignement. Et en plus, je suis au Pentagone et conseiller du Président. Scotland Yard n'a pas à s'occuper de nos oignons, O.K. ?... Quel fax ? J'en ai eu connaissance, mais écoutez, Henry : nous n'en avons rien à foutre du Maroc (*we don't give a shit about Morroco*) ni du monde arabe, d'ailleurs. Merci d'avoir appelé et bonjour à Tony. Il fait son job et j'ai entendu dire qu'il fête son cinquantième anniversaire. *Bye !*

C'était un vieux téléphone à cadran, presque aussi noir que l'humeur du superintendant, par cette fin d'après-midi sous le ciel gris de Londres. Quelques instants plus tard, il faisait entendre la voix du soleil.

— Hello ! c'est moi. Je suis à Tanger, en train de siroter un verre de thé. Ce n'est pas le même breuvage que par chez vous, mais je vous en apporterais volontiers une tasse si je pouvais trouver un avion capable de voler à la vitesse d'un fax. À propos, sir Henry, je vous remercie d'avoir plaidé ma cause auprès de vos collègues du MI 5 et de la CIA... Comment, moi, le diable en personne ? Pas le moins du monde, qu'à Dieu ne plaise ! (*Keep away from fire, by Jove !* c'est ce qu'il dit en anglais, mot pour mot.) Je me suis simplement servi de votre intelligence. M'est avis que Mr Hamilton s'est rangé plus ou moins à son pragmatisme du *wait and see*. Quant aux cow-boys d'outre-Atlantique, ils ont fait grimper votre tension artérielle, j'imagine ?... Mais non, sir Henry, je ne vous fais pas perdre votre temps. Et, pour vous le prouver, je vais essayer de vous mettre sur la voie. Allumez votre pipe et écoutez-moi attentivement. C'est le pape Jean-Paul II. Il réunit les cardinaux et les évêques au Vatican. Et il leur dit : « J'ai deux nouvelles de la plus haute importance à vous annoncer. Une bonne et une mauvaise. La bonne, c'est que Dieu vient de me téléphoner. » Le concile se lève et applaudit comme un seul homme, pousse des cris de joie et applaudit à tout rompre. Quand le silence revient, le pape ajoute tranquillement : « La mauvaise nouvelle, c'est qu'il vient de m'appeler de La Mecque... » Si l'on veut, sir Henry, si l'on veut. C'est une histoire drôle, mais elle pourrait ne pas l'être. Vous saisissez ?... Hep, taxi !

Westlake ralluma sa pipe. Ali était assis à la terrasse d'un café à Tanger. Il se leva et monta dans un taxi qui passait à vide.

— Ça va, Omar ? demanda-t-il au chauffeur.

— Couci-couça, répondit Omar. Je m'emmerde à tourner comme un derviche dans ce tacot du matin au soir. Y a plus de touristes à carotter. Dis, chef, t'aurais pas par hasard une mission à me confier ?

— Tu en as une à présent, dit Ali.

— Quoi ?

— Tu viens à l'instant d'avoir une mission (L'inspecteur appliqua une étiquette autocollante sur le pare-brise, « Sûreté nationale ».) Roule !

— Seigneur Dieu ! s'écria le chauffeur.

Et, accélérateur au plancher, il grilla un feu rouge, doubla à droite une grosse cylindrée. Posté au coin de la rue, un agent de police rangea son carnet à souche et détourna pudiquement les yeux.

— Vive la liberté du peuple et de la circulation ! Je vais où, chef ?

— Tu files d'abord vers la villa aux fleurs.

Des amis anglais que je n'ai pas vus depuis longtemps.

Ici, le moteur eut une sorte de halètement. On eût dit une locomotive lâchant brusquement la vapeur.

— Y a plus de fleurs, déclara Omar.

— Comment ça, y a plus de fleurs ?

— Y en a plus. Avant, on sentait leur odeur à deux cents mètres de distance. Les roses du paradis, les œillets, le jasmin, ça embaumait tout le quartier, ça embaumait l'âme des passants. Il n'y a plus rien, parce qu'il n'y a plus d'Anglais.

— Il sont morts ? demanda l'inspecteur. Les McCallion ?

— Pas tout à fait. Mais ça ne saurait tarder. Ils ont dépassé l'âge, comme tu sais. Ils ont même pris deux ans de plus depuis la dernière fois que tu leur as rendu visite pour une enquête tarabiscotée. C'est moi qui t'avais conduit chez eux, dans ce même taxi qui ne va pas tarder à rendre l'âme. Un monsieur noble et poli comme on n'en fait plus et sa vieille dame qui souriait de toutes ses dents. Ils parlaient arabe comme nous. Ils avaient un chien très affectueux, qui souriait lui aussi. Il

123

s'appelait Colley. Et puis, un mauvais jour, une bagnole l'a écrasé. Ils l'ont enterré au cimetière des chiens, en haut sur la côte, avec une pierre tombale en marbre, des cantiques et des fleurs, bien entendu. Et ils sont rentrés chez eux, dans le pays des scotchs.

— Et la villa, qu'est-ce qu'elle est devenue ?

— La catastrophe. Ils l'ont vendue à un « arbi », un cambroussard qui avait des terres et des tas de troupeaux, plein de pognon, une sorte de caïd du Moyen Âge et des temps modernes. Il a débarqué dans la villa, lui et sa tribu. Ce qu'il en a fait ?

Ici, le chauffeur lâcha le volant : il avait besoin de ses mains pour décrire l'état des lieux. Mais il ralentit tout de même, en vrai professionnel.

— Il a commencé par installer des barreaux aux fenêtres et aux baies vitrées, tu vois ? La haie vive qui entourait le jardin, il l'a rasée et l'a remplacée par un mur haut comme ça, dans les trois mètres, pour qu'on ne voie pas les femmes dans leur intimité. Les passants sont curieux, tu sais, ils zyeutent. Les massifs de fleurs et les arbustes odoriférants ?

Rasés eux aussi, racines comprises, en priorité. Et tu devineras jamais ce que le plouc a
mis à la place. Une tente, une tente caïdale
comme il se doit, pour avoir de l'ombre en été
lorsque le soleil tape dur. C'est logique, non ?
Je t'y conduis, chef ?

— Tu viens d'accomplir la moitié de ta
mission, répondit l'inspecteur Ali. Reprends
le volant, braque à droite et trace jusqu'au
palais.

— Le... le palais royal ?

— Eh non ! L'autre. Celui qui fait face au
détroit de Gibraltar.

— Tu... tu veux dire chez Mimoun Riffi ?

— Xactement.

— Le... le...

— Lui-même. Il m'a invité à déjeuner. J'ai
faim. Je te confie mon portable. C'est un téléphone spécial. Tu vois ce bouton vert ? Dans
dix minutes montre en main, tu appuies dessus. C'est la deuxième moitié de ta mission.
Tu peux circuler, bien sûr, mais ne t'éloigne
pas trop. Vu ?

— Vu, répondit Omar en souriant jusqu'aux gencives.

5

Mimoun Riffi

Le roi de la drogue reçut l'inspecteur Ali à bras ouverts, lui donna l'accolade pour une surprise c'est une surprise je vous félicite pour votre récente promotion qu'est-ce qui me vaut l'honneur de votre visite cher ami ?

— L'honneur ? s'exclama Ali. Si le cœur est chaud, la tête est froide. Vous et moi, nous nous ressemblons en quelque sorte. Si l'argent n'a pas d'odeur, l'estomac n'a pas d'honneur. Comprenez-vous ?

— Pas tout à fait.

— C'est une légitimité d'ordre physiologique, sur le plan du gentleman agreement. Et vous êtes un gentleman. Je suis arrivé ce matin à Tanger pour me reposer — pour écouter mes os, comme on dit chez nous. L'hôtel est confortable...

— Le Minzah ? hasarda Riffi avec un demi-sourire.

— Xactement. Mais la restauration laisse à désirer. Je me suis creusé la tête par déformation professionnelle : où trouver la meilleure table sinon chez vous ?

Mimoun Riffi éclata d'un rire heureux. Ses yeux restaient vigilants.

— Soyez le bienvenu, inspecteur ! Entrez donc.

Les gardes du corps, une dizaine à vue d'œil, formèrent aussitôt une haie d'honneur. Bras dessus, bras dessous, Mimoun et Ali passèrent entre eux, puis sous un immense jardin suspendu comme un avant-ciel multicolore et chatoyant. De place en place, des jets d'eau le vaporisaient en fines gouttelettes de lumière qui retombaient ensuite en notes de musique dans des vasques en marbre et en porphyre. Et où étaient donc ces oiseaux qui unissaient leur chant à la symphonie des eaux ? Là-bas, au bout de l'allée verte de gazon tendre, il y avait une esplanade de zelliges indigo au centre de laquelle une horloge florale indiquait l'heure solaire.

L'antichambre bourdonnait de murmures

salonesques et de rires civilisés. Mimoun Riffi se planta sur le seuil et se croisa les bras. Il ne fit rien d'autre, ne regarda personne, ne dit pas un mot. Il attendit une minute, peut-être deux — le temps que la pièce se vide de tous ses occupants. Le maître d'hôtel ramassa prestement les verres et disparut. Ce fut comme s'il n'avait jamais existé. Toujours bras dessus, bras dessous, Mimoun et son hôte traversèrent en enfilade une suite de salons. Ils pénétrèrent dans le septième et dernier salon, celui où le maître des lieux traitait ses affaires internationales en tête à tête. Les baies vitrées avaient pleine vue sur la mer. Ils s'installèrent sur un sofa damassé de fils de soie et d'argent. Cinq musiciens étaient assis par terre en tailleur — trois Arabes en gandoura blanche et deux Juifs vêtus d'une djellaba noire. Ils prirent leurs instruments, les accordèrent, accordèrent leurs voix. Voix et arpèges s'harmonisèrent crescendo en une symphonie chantée de la légendaire Andalousie de leurs ancêtres communs. Et aussitôt, ce fut comme si le temps chevauchait le temps, faisait vivre intensément le passé dans le présent. Ils n'avaient pas de partition devant eux. Pas une note. Ils ne regardaient même pas leur luth à trois cordes, leur vielle ou leur violon alto, tambourin ou cithare. Des yeux clos. Des visages empreints de sérénité. Celui de Mimoun Riffi aussi. L'observant à la dérobée, l'inspecteur Ali en restait pantois.

Pour avoir épluché son dossier « top secret » aux multiples ramifications, il croyait tout savoir de ce quinquagénaire paisible, connaître sur le bout du doigt la trajectoire de son destin. Fils de pauvre, orphelin de surcroît, deux ou trois clans de sa tribu l'avaient pris en charge et avaient financé ses études, primaires, secondaires puis supérieures, à Oxford, Heidelberg, Yale. C'était un enfant du pays, doué et méritant. Bardé de diplômes, il était rentré dans son Rif natal. Mais que faire au Maroc, sinon louvoyer et se fourvoyer pour essayer d'accéder au statut des parvenus ? Bien sûr, il aurait pu mener une carrière heureuse et fructueuse à l'étranger. Mais il était attaché à sa tribu et à sa terre par des liens viscéraux. Et ce fut au service des siens et des laissés pour compte dans la société statique qu'il utilisa à plein rendement le pragmatisme dont il avait bénéficié en Occident :

l'économie, la gestion, le sens de l'organisation. Depuis la nuit des temps, il n'existait qu'une seule ressource « naturelle » dans les montagnes de cette province, rebelle au pouvoir central et ignorée, haïe par l'establishment et l'Islam des béni-oui-oui : le kif. Même l'armée de Franco, à l'époque du Protectorat, n'avait pas pu l'extirper de la zone qu'elle contrôlait. Le kif repoussait toujours, vivace et indestructible comme les montagnards noueux d'Al-Anwal ou de Ketama. Et les Espagnols n'avaient pas su non plus l'exploiter en grand et à fond. C'est ce que proposa Mimoun aux tribus rifaines réunies en assemblée plénière.

Il fut élu chef suprême, à l'unanimité. Deux ou trois années plus tard, il devenait intouchable, pour une raison bien simple : les devises. Il appliqua scrupuleusement la stratégie de l'offre et de la demande. Avec l'aide de ses conseillers qui avaient fait comme lui leurs études de management et de droit international en Europe et en Amérique — et leurs stages et leurs preuves —, il donna vie à la loi du marché qui veut que la drogue soit une monnaie forte dans un monde de concurrence et de libre-échange. Une économie faible le devient davantage dans un climat social malsain. L'Occident avait du bon. Qui pouvait en douter ? Et puis, tout comme le pétrole, le haschisch consolidait les dictatures et les monarchies. Certains régimes disposaient de l'or noir et de la drogue — et c'était la baraka d'Allah. Même les démocraties occidentales s'accommodaient d'un État dans l'État constitutionnel, avec des états d'âme pour habiller la légalité. Mimoun en savait quelque chose, Elf ou Exxon par exemple. Il était lucide sur la comédie humaine, lucide et serein. Il savait d'expérience que la civilisation n'était qu'un vernis, mince, très mince. S'il abhorrait la politique sous toutes ses formes, il tutoyait les ministres, démissionnés, présents ou à venir. Des dividendes tombaient régulièrement dans certaines escarcelles en haut lieu. Cet arrangement tacite lui laissait les coudées franches. Aux convoyeurs et sous-traitants *étrangers* de se débrouiller avec les douaniers, les garde-côtes ou la police de l'air et des frontières à leurs risques et périls ! Ce n'était pas son affaire. Il entretenait des relations confraternelles avec Interpol, la DEA américaine et autres services spécialisés auxquels il rendait de menus services pour éliminer les trafiquants de drogues dures. Il ne fallait pas détruire la jeunesse, ce bel espoir de l'humanité. Mimoun aimait la vie. Lui ne vendait qu'une herbe naturelle, du kif sur pied. Si des laboratoires y ajoutaient des amphétamines et autres cochonneries, eh bien ! c'était un crime. Il aurait vendu tout aussi bien des tomates, mais elles poussaient dans la plupart des pays du monde. Pas le kif, ce pur produit du Rif.

Ses internautes patentés s'occupaient des transactions financières et immobilières, ces basses contingences terrestres. Ils changeaient souvent de site pour brouiller les pistes. Certains d'entre eux étaient des hackers de génie, pénétraient des réseaux terroristes dont même le Pentagone n'avait jamais soupçonné l'existence. Il aurait pu fournir certains renseignements aux Américains avant le 11 septembre 2001... mais il n'aurait rien reçu en échange. La loi de l'offre et de la demande ne s'appliquait pas dans ce cas-là. Et de toute façon, il savait bien que la CIA ne l'aurait pas cru, puisqu'elle croyait en Ben Laden... Et puis, n'est-ce pas, Mimoun Riffi ne faisait pas de politique. Il disposait de cinq passeports interchangeables : marocain, français, britannique, suisse et qatari. Mais quelle était donc sa nationalité en regard du droit international ? Consultée sur cet imbroglio paperassier, la Cour suprême chrérifienne s'était déclarée incompétente. C'était le vide juridique, un laxisme légal qui arrangeait tout un chacun. M. Riffi relevait en effet de la juridiction de chaque pays dont il était citoyen. Et, d'un pays à l'autre, les lois abrogeaient d'autres lois... Beau, noble et fabuleusement riche, il considérait l'argent comme l'arme la plus efficace pour lutter contre la folie des hommes.

Les derniers mots, les ultimes notes de la symphonie andalouse tombèrent comme autant de pétales de paix. Mimoun Riffi ouvrit les yeux, sourit et dit d'une voix chargée d'émotion :

— Je vous remercie.

Les musiciens se levèrent et s'en furent, en lui souhaitant une journée de lumière. Il y eut un silence blanc. Quand Mimoun reprit la parole, ce fut dans un murmure.

— L'homme devrait toujours chercher le spirituel au quotidien, surtout en ce début du troisième millénaire.

— Et... et vous l'avez trouvé, vous ? demanda l'inspecteur Ali. (Il n'en croyait ni ses oreilles ni ses yeux.) Je veux dire : personnellement ?

— Peut-être, répondit Mimoun. Pas tout à fait. Si l'existence d'un être humain et sa mémoire du temps écoulé ne pèsent d'aucun poids devant l'Histoire, il n'y a en revanche rien de plus beau qu'un homme qui refuse cette fatalité et se réfugie dans le souvenir.

Il claqua des doigts, le majeur contre le pouce. Des serviteurs dressèrent la table, nappe et serviettes brodées, couverts en or massif. Ils apportèrent l'entrée *sine qua non*, une pastilla au pigeon croustillante et chaude, saupoudrée de cannelle et de sucre glace. Ali connaissait l'usage de la fourchette et du couteau, le cas échéant. Mais ces deux-là valaient leur pesant d'or. Il avait peur de les salir ou de les subtiliser par mégarde. C'était comme si on lui avait demandé de faire une enquête sur un lecteur de romans policiers pour complicité de meurtre.

— Nous sommes entre Marocains, lui fit gentiment remarquer Mimoun. Vous pouvez

vous servir de vos doigts. « Mettez la main »,
comme on dit chez nous.

Ali mit la main sans plus attendre, avec
délectation. Il essaya — essaya — d'enfourner
de petits morceaux, sinon de ralentir le jeu de
ses mâchoires, d'autant que ce hors-d'œuvre
ne constituait qu'un amuse-gueule, il en était
certain. Mentalement, il téléphona à son
estomac pour lui rappeler la valeur arabe de la
patience. Non qu'il fût rustre de naissance ou
déjanté le moins du monde (sa serviette était
sagement nouée autour de son cou) dans ce
décorum. Pas du tout. Au contraire : il fallait
titiller les convenances pour apprécier un bon
repas. Lui, gloser sur l'art du savoir-vivre et
sur le sens du ridicule, quitte à ne pas sali-
ver d'avance, pendant et après ? Les assiettes
furent débarrassées avec délicatesse, d'autres
les remplacèrent presque aussitôt.

— Des cailles rôties au raisin ? s'écria
l'inspecteur au comble de la béatitude. C'est
mon plat préféré. Je n'en ai jamais mangé.

— Du vin ? proposa son hôte. J'ai quelques millésimes qui viennent du pays de la
Loire.

— Non merci ! se récria l'inspecteur, effarouché comme une donzelle dévote.

— Vous avez bien raison, l'approuva Riffi avec chaleur. Nous ne sommes plus à l'époque d'Omar qui était en même temps calife et marchand de vin. Nous avons évolué. Quand on devient adulte, on oublie souvent d'être soi-même, reniant du même coup nos rêves d'enfant et les idéaux de notre adolescence. Et on n'est plus du tout soi-même dès que l'on dispose d'une parcelle de pouvoir. La religion nous tient lieu d'humanité, avec ses interdits, ses gardes-fous et ses tabous.

Il maniait sa fourchette et son couteau avec dextérité. Il maniait aussi les mots avec la même aisance. Il souriait. Il avait une dent en or. Pourquoi souriait-il ? Et que signifiait au juste ce langage châtié ? Tout en mangeant à belles dents, Ali en faisait mentalement une traduction simultanée dans son dialecte prosaïque de flic. Certains mots perdaient leur suc édulcoré, acquéraient un tout autre sens, aussi concret qu'un âne ou un pneu. Il réfléchissait à bride abattue dans toutes les directions possibles et imaginables... Pourquoi ce prélude musical en son honneur avant de passer à table ? Très sensible au moindre son, le magnétophone sophistiqué qui avait l'apparence d'un portable devait être à mi-course à présent. Le chauffeur de taxi l'avait-il dirigé dans la bonne direction ? S'était-il par hasard éloigné pour aller casser la croûte dans une gargote de la médina ?... Pourquoi un cru de la Loire plutôt qu'un bourgogne ou un bordeaux, voire un guerouane ou un rabbi Joseph qui avaient l'avantage d'être des vins marocains ? Et où pouvait se nicher cette Loire, diable de diable ? Mimoun Riffi était peut-être un œnologue averti, d'accord ! Mais lui, Ali, restait « fliquant » en toutes circonstances — un flic aguerri qui s'était frotté à toutes les classes sociales et à leurs propos de table. Il ne s'était invité chez le roi de la drogue que pour lui poser une question. Une seule question anodine. La poser selon sa tactique habituelle : en la fragmentant en doses homéopathiques qu'il glissait çà et là au cours de la conversation. Et il obtenait toujours la réponse, en dépit de la vigilance de son interlocuteur. Au commissariat central, il ne procédait pas à des interrogatoires au sens policier du terme, juridique encore moins. Il parlait au suspect — et le faisait parler — du beau temps et de la pluie, de foot, de la sécheresse dont pâtissait l'économie nationale, d'Allah bien sûr dont la baraka allait arranger toutes choses ici-bas demain ou après-demain, disons dans un an ou deux, dans l'au-delà certainement puisque c'était écrit en toutes lettres dans le Coran en arabe qui plus est, d'un vague ami commun qui venait de vendre une vache et s'était fait escroquer par un maquignon salaud de salaud, il vient de se faire descendre mais tu n'as rien vu tu ne peux pas être témoin comme je te comprends !... de la démographie aussi galopante que le chômage t'en es un de chômeur, hey ? tu ne peux pas être partout à la fois et donc le type portait un bonnet... il n'avait pas de bonnet ? Il est chauve tu dis ? Mais t'en es pas sûr puisqu'il a détalé fissa... Les recettes de cuisine et les dernières blagues qui circulaient dans la médina agrémentaient l'interrogatoire. Commissaire Maigret marocain, il faisait monter du thé vert à la menthe dans son bureau. Le sirotant en ajoutant du temps au temps, il continuait de deviser à bâtons rompus, de tout et de rien et même d'une vache imaginaire, de tout sauf de l'affaire qui concernait directement le présumé « mis en examen ». La mémoire de l'inspecteur était prodigieuse, mais personne n'était infaillible. À la fin de l'entretien, Ali donnait congé au suspect. Et le reconvoquait le lendemain pour d'autres échanges de vues. Entre-temps, il rembobinait la bande de son magnétophone et l'écoutait attentivement, en cas de défaillance de sa mémoire.

Ici, dans ce palais des mille et une nuits, il se sentait dérouté pour la première fois de sa vie. Et c'était quoi au juste, ce troisième plat qu'il dégustait machinalement ? Fractionnée en miettes anodines, il avait bien posé la question dont dépendait l'issue de son enquête. Mais il avait l'impression que sa stratégie de renard avait été détournée par une logistique plus habile, aussi percutante que les Patriots américains intercepteurs de Scuds. Mimoun Riffi connaissait l'art du fleuret moucheté. Son élément vital était le maquis des procédures du droit financier international, qu'il était pratiquement le seul capable de débroussailler. Et c'est dans un maquis d'un tout autre genre, hautement civilisationnel, qu'il égarait l'inspecteur avec la plus grande affabilité depuis le début du repas, sans perdre un seul instant le fil de sa pensée. La symphonie chantée lui avait servi de point de départ, tel un tee pour le lancement d'une balle de golf sur un parcours dix-huit trous, de green en green. Il quitta peu ou prou le terrain de la culture, pour y revenir par des chemins de traverse. Il ne dissertait pas. Il procédait par touches légères, avec le sourire...

— Être véritablement modeste, cher ami, c'est comprendre que le sentiment que nous avons de notre propre supériorité ne vaut que pour nous. Détendez-vous. Vous n'êtes pas de service, j'imagine. Un autre verre de jus d'amande ? Les grands vins...

... Les grands vins de Loire avaient certaines affinités avec le xérès, tout comme la musique judéo-andalouse avec le flamenco. Il évoqua brièvement la figure légendaire de Zéryab qui s'était exilé au XIᵉ siècle de son Irak natal et avait fait fleurir dans les cours califales de Cordoue et de Grenade l'âme d'une civilisation : le savoir-vivre, l'art du luth et de la danse, la poésie qui s'étiolait au Proche-Orient, la culture culinaire dont certaines recettes avaient franchi les siècles. (Pourquoi cette allusion à l'Irak ? se demanda Ali dans un éclair de lucidité.) Mimoun cita de mémoire un quatrain d'Abou Nouass, célébration du vin, de la femme et du sexe en terre d'Islam. Il fit appel à Maimonide, Ibn Khaldoun et à un Berbère bien de chez nous, Ibn Toufayl, qui exhortait ses coreligionnaires à penser par eux-mêmes au lieu d'être nourris à la petite cuillère de la pensée des autres. Les palais arabes d'antan étaient livrés à présent aux hordes des touristes.

Ali ne pouvait pas ne pas écouter. C'était bien plus instructif que les documentaires de la BBC, d'Arte ou d'Al-Jazira, parce que c'était *vécu* — vécu de l'intérieur. Une sorte de témoignage de première main. Il était subjugué. Subjugué et inquiet. Il avait l'étrange impression d'être soumis à un interrogatoire, selon sa propre méthode de noyautage et de diversion... Les descendants des Juifs andalous, poursuivait Riffi sur le ton de la conversation, avaient su préserver leur patrimoine culturel, notamment à Fès, dans un musée de la médina qu'ils avaient fondé en 1912 et où ils avaient constitué la « judaïca », une collection d'objets religieux et profanes chargés d'Histoire et de beauté : des lampes de la hanoukka finement gravées des signes du zodiaque, de motifs géométriques et d'étoiles de David ; des plateaux de Sedar ornés de calligraphies hébraïques, de mains de fatma et de croissants de lune ; une fontaine et son bassin formés de petits carreaux de céramique au fil des ans par des générations d'artisans judéo-berbères ; une jarre en faïence vernissée figurant le portrait d'un grand rabbin marocain, Baba Salé... Hélas ! tous ces objets d'une valeur inestimable allaient être mis aux enchères à Paris, à Drouot-Richelieu.

— L'État chérifien pourrait les acheter en exerçant son droit de préemption, dit Mimoun Riffi en matière de conclusion. Mais je n'ai pas entendu la moindre rumeur à ce sujet. Et vous ?

— Non, reconnut Ali.

— Je pourrais les acquérir, bien sûr. Pour les exposer dans ma demeure ? Ce serait une imposture. Les acheter pour les laisser dans leur musée d'origine ? Évidemment. Mais je ne suis pas l'État. Je ne puis que constater qu'il y a de plus en plus d'étrangers dans le monde. Je dis bien : dans le monde.

Ils se levèrent. Riffi remit sa carte de visite à l'inspecteur. Sans le regarder, il laissa tomber négligemment :

— La Loire est un long fleuve tranquille. Sur ses rives, il y a des châteaux historiques. On ne les a pas encore privatisés. La France a le culte de son patrimoine. Si le hasard conduit un jour vos pas du côté de Blois, allez dire bonjour et bonne santé à mon vieil ami Alfred Benna. Il est retiré du monde, il élève des chevaux arabes pur-sang. Il ne veut voir personne. Faites-lui passer ma carte et il vous recevra avec plaisir. Il a une excellente cave.

Il marqua une légère pause, avant d'ajouter :

— L'univers a été créé par Dieu, selon des lois que l'homme suit plus ou moins. La religion a été créée par l'homme, selon des lois que Dieu doit suivre. Il ne faut pas confondre l'Islam avec le Coran, n'est-ce pas ?

L'inspecteur Ali l'approuva avec effusion. Son visage était empreint d'une vive intelligence, sinon d'une foi subite. Il avait tout compris au quart de tour. Il prit congé de son hôte, tête basse et le cerveau résonnant — raisonnant — de coups de marteau. Il ne comprenait rien à ce charabia philosophique.

Oussama Ben Laden aurait-il rencontré Allah par hasard ? Où ça ? À Marrakech ?...

Il l'appelait Bidule, en souvenir de son chat noir et blanc, un fieffé luron s'il en fut qui ouvrait la porte du réfrigérateur et la refermait poliment après s'être repu, terrorisait tous les matous du voisinage, couvrait volontiers leurs petites amies (les mâles castrés aussi en cas de besoin : il n'avait pas de préférence) — et qui avait disparu un beau jour sans laisser d'adresse, probablement pour rejoindre à toutes pattes une chatte rurale dont il avait humé la bonne odeur à des kilomètres de distance. Le « bidule » en question était un récepteur-enregistreur que l'accro le plus averti aurait pris pour un vulgaire téléphone portable. L'inspecteur Ali l'avait récemment *pris*, au sens pick-pocket du terme, dans la poche du ministre de l'Intérieur au moment où celui-ci le raccompagnait à la porte de son bureau. Qu'est-ce qu'un ministre, fût-il de l'Intérieur, pouvait bien fabriquer avec ce truc ? Écouter ses concitoyens, voire ses collègues du gouvernement ? C'était de la forfaiture, voyons ! On n'était pas en Amérique, mais dans le « Royaume aux mille royaumes », un État souverain, transparent et tout ça. Ali avait vérifié le soir même : sa conversation avec le ministre avait été dûment enregistrée sur ce bidule, mot pour mot. D'un seul coup, il avait compris l'enjeu de l'enquête qu'on venait de lui confier.

Et donc, cet après-midi-là à Tanger, au sortir du déjeuner fastueux chez le roi de la drogue, il repéra le taxi au bas de l'avenue, s'installa à côté d'Omar et lui demanda s'il ne s'était pas trop éloigné. (« Je suis resté sur place à suer sous le soleil. Je crève de faim. ») L'inspecteur appuya sur la touche rouge pour rembobiner la minicassette, puis sur la touche Étoile pour l'écouter. Et... Depuis combien de temps était-il en train de rire aux éclats et aux larmes, poussant des cris animaux, tressautant sur son siège ? Omar était très inquiet. Il passa les vitesses à toute vitesse, démarra sur les chapeaux de roue en direction de la clinique psychiatrique la plus proche.

— Meurs pas tout de suite, chef ! C'est les jnouns, perds pas la tête, on va bientôt arriver.

145

— C'est... c'est le bi... bidule, éructa Ali entre deux hoquets.

— Ils ont de bons docteurs là-bas. On va te faire une piqûre.

Klaxon bloqué, Omar braqua à fond, fit un demi-tour sur place, le moteur cala, ce qui contribua sans doute à calmer l'inspecteur Ali. Il allongea le bras, coupa le contact et dit :

— Hé ho ! T'es fou ou quoi ? Ça va pas la tête ?

— Elle va bien, merci. Et la tienne ? Elle est revenue entre tes épaules ? Qu'est-ce qui se passe ?

— Ça, dit Ali. (Il lui colla le bidule contre l'oreille.) Qu'est-ce que tu entends ?

— Ben, c'est pas le moteur de ma chignole, répondit Omar en se grattant le crâne. Tu viens de l'arrêter. Mais on dirait que c'est lui quand il n'y a plus une goutte d'huile et que les pistons montent et descendent à sec, ça grince... Non, c'est pas ça... Attends voir ! J'y suis : quelqu'un est en train de moudre du café.

— Du café ? demanda l'inspecteur, l'oreille dressée.

— C'est un de ces vieux moulins à mani-

146

velle. T'en as connu dans ta jeunesse, je parie. Les bourgeois du jour d'aujourd'hui les exposent dans leur salon, c'est chic, c'est classe. Mais ça m'étonnerait que l'empereur du kif utilise un truc pareil. Il t'a offert du café ? Il l'a moulu devant toi ?

— La vache ! s'écria Ali. Il m'a possédé dans les grandes largeurs. Il doit avoir chez lui un dispositif de brouillage, j'aurais dû le prévoir. La vache ! Tu connais pas une gargote dans le coin où on peut casser la graine, sans fourchette et sans couteau ?

— Des brochettes sur feu de bois, avec du pain d'orge et une salade de poivron et d'oignon rouge pour commencer ?

— Xactement. J'ai besoin de manger pour digérer ce tour de cochon que m'a joué Mimoun Riffi. Où est-ce qu'elle est, cette fichue gargote ?

— À huit-dix kilomètres d'ici, sur la route d'Asila. Mais je sais pas si ce tacot consentira à bouger. Le moteur est mort.

— Réveille-le.

Contre toutes les lois de la mécanique, le taxi démarra en trombe. Derrière lui, il laissait un panache de fumée noire.

6

Interlude

Il ne dîna pas ce soir-là, au motif que le restaurant de l'hôtel Minzah affichait le même menu que celui qu'il avait consulté à midi, à quelques détails près. Il y avait un autre détail, d'importance celui-là : costumes-cravate, robes du soir, colliers de perles, boucles d'oreilles, bracelets et bagues à volonté, les convives grignotaient en chuchotant comme s'il se fût agi d'un repas d'enterrement. Les traits tirés et l'estomac soudain noué, l'inspecteur Ali monta dans sa chambre, prit une douche, s'enveloppa dans un peignoir et se mit à réfléchir à hue et à dia. Son quotient intellectuel était variable comme un baromètre, montait et descendait selon les méandres de son raisonnement et les caprices de sa météorologie personnelle. Bien sûr, il possédait tous les éléments de l'enquête. Il pouvait la clore séance tenante par un simple coup de téléphone au ministre de l'Intérieur — et au besoin rédiger un rapport *ad hoc* en le dactylographiant avec ses deux index sur sa vieille machine à écrire. Mais il avait entrepris une *autre enquête*. Et, dès lors, comment concilier les deux ? La première concernait l'État ; la seconde le concernait, lui, Ali. C'était difficile, voire illogique, d'attraper un chat noir dans une pièce obscure, surtout si celui-ci ne s'y trouvait pas.

Un homme avait été attiré dans un guet-apens à Marrakech. On l'avait jeté, tête la première, dans un faux puits. Il en était mort. L'inspecteur avait berné le médecin légiste, brouillé les pistes de telle façon que les agents spéciaux étaient rentrés chez eux, la queue entre les jambes. Avec le cadavre, il avait enterré l'affaire. Et c'est ce que souhaitait l'État. Le Maroc était un pays modéré, stable et serein, et entendait le rester, ne serait-ce que pour la pérennité du Trône. Ali avait donc fait son devoir, en tant que chef de la police criminelle. Pessimiste à court terme et optimiste à long terme comme la plupart des Arabes dans le monde, il aurait pu rentrer dans le rang et tourner le dos à sa conscience, après avoir manifesté sa désapprobation du bout des lèvres. Flic atypique ? Il savait depuis longtemps qu'il dormait dans le lit des autres, autant dire par terre. Il était prêt à ravaler sa révolte, comme tous les Arabes. Et puis...

... Et puis, guidé par son instinct de ouistiti, il avait découvert ce vieil exemplaire du Coran dans la bibliothèque du riyad. Et trouvé sans chercher la sourate annotée qui révélait le dessous des cartes. Longtemps, jusqu'à l'aube, il était resté assis sur un tabouret, la tête en feu. Le jour se levait — et Ali s'était levé, lui aussi, lentement, comme s'il souffrait d'un lumbago. Et, à mesure qu'il se levait, l'idée acquérait forme et consistance, devenait un plan. Qu'avait-il à perdre en exécutant ce plan ? Né pauvre, il était persuadé qu'*on ne peut pas se révolter pauvre*.

Enquêtes de voisinage, tri des rumeurs et des informations dignes de foi, planques et filatures, relevé des empreintes digitales sur les bouteilles vides qui traînaient dans le vestibule du riyad, écoutes téléphoniques, identification des numéros d'appel, disparition inexplicable des registres de la police de l'air et des frontières, les gars de son réseau avaient opéré en toute illégalité et, par voie de conséquence, avaient fait de la belle ouvrage, oh oui ! Mais il manquait un petit morceau du puzzle, un morceau essentiel pour passer à l'action. Où le dénicher ? Et comment ? Le plan qu'Ali avait conçu était dingue, certes ; lui, non.

Tanger, par une nuit sans lune. Souviens-toi, Ali ! Cherche !

Le réseau de Mimoun Riffi était autrement plus puissant que le sien, plus efficace que toutes les polices du monde puisqu'il les noyautait. L'inspecteur avait posé sa petite question, en la diluant au cours du repas comme à l'accoutumée : le roi de la drogue pouvait-il l'aider ? L'homme qui venait du passé avait été attiré dans un traquenard par quelqu'un en qui il avait toute confiance. Qui ? Assis dans sa chambre d'hôtel, Ali interrogeait sa mémoire. Riffi était d'une intelligence vive. Il avait certainement réuni les bribes de la question, n'y avait répondu par aucun iota, aucune allusion. Il devait être au courant de cette affaire de Marrakech, il savait sans doute qu'on l'avait confiée à l'inspecteur Ali, et qui la lui avait confiée, et pourquoi. Mais il n'avait rien dit. Juste souri. Il avait entretenu son hôte de musique andalouse, de culture, de Dieu, de l'homme et de sa place dans l'univers. Et il s'était arrangé pour brouiller la conversation, brouiller techniquement, au cas où un curieux l'aurait enregistrée...

Ici, l'inspecteur Ali alluma une cigarette, la fuma toute... Mais oui ! bien sûr !... Les vins de la Loire, un certain Alfred Benna qui élevait des chevaux arabes dans les environs de Blois... la carte de visite... Il avait *fourni la réponse*, l'avait mis sur la voie. C'était l'évidence même.

Avant de se mettre au lit, Ali déplia un quotidien pour se changer les idées. Un encadré en page intérieure lui sauta aux yeux :

Triple attentat à Riyad (Arabie Saoudite) contre des résidences occupées par des étrangers. 34 morts et des dizaines de blessés. Le bilan risque de s'alourdir. Les autorités du Royaume wahabite privilégient la piste d'Al-Qaïda.

152

— Les cons ! s'écria l'inspecteur, outré, révolté. Ils ne savent pas ce qu'ils font.

Il était si outré, si révolté, qu'il lui fallut cinq minutes pour trouver le sommeil.

7

Blois

Détendu et tenace, il essaya de marchander avec le chauffeur de taxi à la gare de Blois, durant tout le trajet et à l'arrivée à Onzain, au nom de l'amitié franco-marocaine et de la francophonie, rempart s'il en fut contre l'abêtissement des médias, le rock et les McDo.

— Vous vous appelez Jean-Pierre, Robert ou Bernard ? Enchanté. Moi, c'est Ali. Je viens du Maroc. Xactement, vous avez tout compris, vous êtes perspicace. C'est le métier qui veut ça. Je ne suis pas Michael Jackson pour changer de tête... Vous m'en apprenez, des choses ! J'étais dans l'avion quand les cinq attentats-suicides ont été perpétrés à Casablanca, quarante et un morts et une centaine de blessés au dernier bilan. Personne ne s'y attendait, même moi. J'ai appris la nouvelle en lisant *La République du Centre*. Ils sont bien informés, les journalistes de ce patelin... Des islamistes, dites-vous ? Vous avez sans doute raison : l'habit fait le moine et la barbe fait les barbus. Chez nous, les coiffeurs ferment boutique et rejoignent la cohorte des diplômés chômeurs. Y a plus de rasoirs, plus de ciseaux, de tondeuses, de coupe-choux. Y a plus de touristes, c'est la cata. Pendant ce temps, les riches deviennent plus riches et le roi se fait du lard bien gras, forcément. Il a jeté en prison deux fillettes soupçonnées de préparer un attentat... On se demande pourquoi son père est mort. Avant, on avait un ministre de l'Intérieur du tonnerre, Driss Basri, et on était basrisés, comme ici en France présentement : vous avez Sarkosy et vous êtes sarkozyfiés, sécurisés... Pas du tout, pas le moins du monde, je ne plaisante pas. Au contraire, je suis très sérieux ! La preuve, c'est que je suis un collègue à vous, taximan à la petite semaine et je fais des prix d'ami aux clients fauchés comme moi... Ici au moins, vous avez le RMI, la retraite pour tout le monde, l'allocation aux personnes âgées et aux handicapés de toute sorte, les médias, les jeux télévisés où on peut gagner des millions en dix minutes, un quart d'heure, des tickets à gratter, le loto et les élections citoyennes à 82 %. Le pays de cocagne, quoi ! C'est pour ça que les Maghrébins débarquent comme ils peuvent, y en a qui prennent des pateras et plouf dans les eaux profondes du détroit de Gibraltar... Benna, un dénommé Alfred Benna, un richard qui élève des chevaux... À propos, c'est tapé dans le mille comme titre de journal, vous ne trouvez pas ? Entre le pont Charles-de-Gaulle et le pont François-Mitterrand qui enjambent la rivière de Blois, *La République du Centre* est une honnête moyenne, pas vrai ?... Moi, un rigolo ? Première nouvelle !... On bouffe bien par chez vous ? Je suis venu spécialement de mon bled pour me régaler et, si ça se trouve, pour admirer les chevaux arabes de ce dénommé Alfred Benna. Il habite à Onzain, dites-vous ? Vous n'en êtes pas sûr ? Eh bien, allons-y à Onzain. On verra bien. Et... est-ce que votre compteur n'aurait pas été trafiqué par hasard, à votre insu, s'entend ? D'accord ! La course a été longue et sinueuse, Blois est une très belle ville, un joyau d'architecture et de propreté, la campagne est verdoyante, la forêt de Russy et ses arbres majestueux m'ont rafraîchi l'âme,

156

Seur m'a l'air d'un village très cossu et nous voici enfin arrivés à Onzain. Mais la somme qu'affiche ce compteur suffirait amplement à nourrir une famille de mon pays natal pendant une semaine... Allez, cher collègue, l'hospitalité française ça existe. Si vous enlevez un zéro du montant, je garderai un souvenir éternel de la France en général et du département du Loir-et-Cher en particulier.

Il le paya avec un faux billet de banque, gardez la monnaie ! et descendit du taxi la mine renfrognée. Il descendit et tomba en arrêt devant le cheval. Et aussitôt il se mit à frissonner d'admiration. Un pur-sang arabe couleur de feu, l'un des plus beaux êtres de la Création divine : oreilles courtes, tout comme les paturons et la queue ; encolure, jambes et ventre longs ; poitrine et hanches larges. Un fils du désert, de liberté et de noblesse. Le contemplant gambader dans l'enclos de la pelouse, l'inspecteur Ali n'avait plus de mots, plus de pensées, et c'était comme s'il n'avait plus d'identité. Franchis l'espace et le temps, il revoyait la splendeur et la nudité du désert de la péninsule Arabique, là où couraient des chevaux entre ciel et terre sans horizon aucun et sans frontière aucune, là où dans un très lointain passé un homme nommé Mahomet avait émigré avec ses compagnons pour vivre loin de la cité. Vague après vague se couvrant et se renouvelant et ajoutant leur vie à la vie tel le flux de la mer, la marée de l'émotion montait en lui de la pointe de ses pieds à sa conscience. Et il la laissait monter, le submerger. C'était indicible, paisible, maternel. Le cheval faisait parfois une pause. Immobile sur ses quatre sabots, il regardait Ali tandis qu'une onde parcourait sa robe, de friselis en friselis, de la croupe aux naseaux. Que subsistait-il en vérité de la gigantesque émotion qui s'était emparée un jour de Mahomet ? Avait-il trouvé le chemin qui mène l'homme vers lui-même ? S'il revenait par extraordinaire en ce début du troisième millénaire, reconnaîtrait-il la religion qu'il avait fondée par le Verbe afin qu'il n'y ait ni Orient ni Occident ? À La Mecque, il avait dit à ses fidèles d'une voix claire et intelligible : « L'Islam redeviendra l'étranger qu'il a commencé par être. » Et quelques jours plus tard il quittait la vie. Mais à toute mort succède une autre vie — naissance d'un enfant, d'un printemps, d'un sourire, d'une fleur, d'un amour. Où était Ali à cette heure ?... Qui était-il ? Le Coran demandait dans une sourate flamboyante, celle-là même qu'il avait trouvée à Marrakech : « Se peut-il que, retournés à l'état de poussière, vous deveniez ensuite une création nouvelle ? » Un homme des temps présents y avait cru. Il en était mort, au fond d'un puits. Il venait du passé... Hé là, ho ! Réveille-toi, Ali ! T'es un flic. La seule certitude en ce monde est le doute.

— Hé là, vous ? Qu'est-ce que vous avez à traîner par ici ?

L'inspecteur Ali se réveilla pour de bon. Il se retourna, regarda derrière lui. Il était tout seul dans la rue. C'était à lui qu'on s'adressait. Un rougeaud avec une casquette, des favoris roux et des bottes à éperons. La voix manquait de civilité.

— On n'aime pas trop les curieux, surtout les journalistes. Fichez le camp.

— Ai-je l'air d'un journaliste ?

— Vous êtes quoi, alors ? Qu'est-ce que vous voulez ?

— Je suis un messager de l'autre monde, répondit Ali avec un large sourire. (Il étendit le bras par-dessus la haie vive.) Auriez-vous l'obligeance de remettre cette carte de visite à votre patron ? Il m'attend depuis longtemps. Je ne l'ai jamais vu, d'ailleurs.

L'âme de l'inspecteur redescendit jusqu'à ses pieds, d'un seul coup, dès qu'il vit venir vers lui Alfred Benna. Il n'arrivait pas à imaginer que ce petit personnage replet muni de lunettes à verres épais était le propriétaire de ce cheval de feu.

— Soyez le bienvenu ! dit Alfred Benna. Entrez donc. Les amis de mes amis sont des amis. Comment va ce cher Mimoun ?

Il parlait avec des gestes lents de prédicateur. Ses mains étaient grassouillettes. Une bague sertie d'un gros diamant brillait à l'un de ses doigts.

— Il est magnifique, répondit Ali. Une merveille de la nature. J'espère que vous ne vous amusez pas à lui mettre une selle sur le dos, avec un jockey à casaque ?

Benna marqua une légère pause sur le seuil de sa maison. Il souleva ses lunettes et regarda Ali. Ses yeux étaient d'un noir éclatant.

— Vous voulez parler de Swift ?

— Swift ? fit Ali. L'écrivain anglais ?
Jonathan Swift ?

— Je l'ai appelé ainsi, en souvenir de mes
études au Royaume-Uni. Il est au vert. Il
vient de remporter le Grand Prix de
Vincennes. J'en ai d'autres à l'entraînement,
six ou sept. Mais Swift est mon préféré. Je
réside en Californie et en Suisse. Les affaires,
comprenez-vous ?

— Non.

— Chaque fois que je le peux, je viens le
voir ici, dans ce modeste pied-à-terre.
Rappelez-moi donc votre nom.

— Ali, dit Ali. Il m'a récemment invité à
déjeuner dans son palais, en tête à tête. Il m'a
semblé à la fois dans la force de l'âge, en
bonne santé physique et mentale, et intoxiqué
par l'adrénaline que procurent ses hautes
fonctions. Les affaires. Durant tout le repas, il
n'a pas cessé de me parler de vous, en termes
chaleureux et civilisationnels, si vous voyez ce
que ça veut dire. Les mets étaient raffinés, je
m'en souviendrai toute ma vie. Il m'a vanté
l'excellence de votre cave, de grands vins de
Loire si ma mémoire est bonne. Je n'en ai
jamais bu.

Alfred Benna émit une sorte de jappement. Il dit :

— Je vais chercher une vieille bouteille dont vous me direz des nouvelles. Installez-vous en attendant. Faites comme chez vous.

L'inspecteur Ali fit comme chez lui, littéralement. Le salon était vaste, stores vénitiens, parquet vitrifié, sièges design autour d'une table basse style Régence, cheminée d'angle où crépitaient des bûches de chêne, un bar américain avec un comptoir en zinc et des tabourets de saloon. Sur le comptoir, une carafe vide et deux verres à pied, l'un vert, l'autre bleu. C'était du pur cristal. Il aimait bien la couleur verte, celle de l'espoir ; mais il aimait tout autant le bleu, qui lui rappelait le ciel de son pays. Le choix était difficile. Ali ne voulait pas salir ces verres précieux avec ses gros doigts. Il enfila des gants de chirurgien, blancs et très fins — et *il fit ce qu'il fit*. Il ôta ses gants et les lança dans l'âtre. Les flammes s'élevèrent, irisées, retombèrent à son grand regret. C'était très joli. Il se dirigea ensuite vers l'imposante bibliothèque qui occupait presque tout un mur. Extrayant du rayonnage un livre relié pleine peau, il en arracha une page, la plia en quatre, la glissa dans sa poche et remit l'ouvrage en place, au millimètre près. La dernière pièce venait de reconstituer le puzzle dans son ensemble. Allah existait-il ? Les prières ne servaient à rien, il ne les entendait pas. Mais il aidait volontiers la police... si on lui posait la bonne question. Ali ne le remercia pas, ni à cet instant-là ni plus tard. Il pensait avec dévotion à sa bien-aimée Sophia qui n'allait pas tarder à accoucher dans la douleur. Il ne l'avait pas vue depuis deux longues semaines. Il ne lui avait même pas téléphoné.

Lorsque Alfred Benna revint avec une bouteille tapissée de poussière, il le trouva sagement assis, les jambes étendues devant lui comme une paire de haches. Il dit avec une curieuse vénération dans la voix :

— C'est un provignage. Il a une impressionnante histoire. C'est un cépage bourguignon dont le roi François Ier avait fait planter quatre-vingt mille pieds autour de Romorantin, une ville pas très loin d'ici. Il a des reflets d'or, un nez de noisette, de coing et de fleurs des champs. Pour l'apprécier à sa juste valeur, il faut d'abord le mettre en carafe, une demi-heure environ, le temps de l'oxygéner.

— Vous avez déjà préparé les verres en prévision de ma visite ? demanda l'inspecteur. Vous êtes un hôte remarquable.

— Mimoun Riffi m'a téléphoné ce matin, répondit Benna. Il m'a juste dit qu'un de ses amis intimes allait venir me voir.

Il contourna le bar, déboucha précautionneusement la bouteille, huma le bouchon et transvasa lentement le vin dans la carafe.

— En bouche, sa richesse équilibrée est surprenante, nette, rafraîchissante, comme un élixir d'éternelle jeunesse. Nous trinquerons à la santé de notre ami commun. Vous le connaissez depuis longtemps ?

Il vint s'asseoir en face d'Ali et le regarda avec un sourire rond, un vernis de bienveillance qui cachait mal sa perplexité. L'inspecteur remua les orteils dans ses vieilles baskets. En costume de tweed, il se sentait comme un singe dans un cirque. Il ne lui manquait que le gibus. Et qu'est-ce qui lui avait pris de nouer une cravate Balmain autour de son cou ? Il la desserra. Il dit entre huile et vinaigre :

— On sait depuis longtemps, au moins depuis le temps où on s'est mis à poser des devinettes, que la chose qui a le plus de valeur au monde, c'est un chat crevé. Savez-vous pourquoi ?

Il alluma un joint.

— Vous en voulez un ? Ça aide à réfléchir. Il vient des plantations de notre ami Mimoun Riffi. C'est pourtant bien simple comme devinette : un chat crevé n'a pas de prix. Puissamment raisonné, hey ?

— Qui êtes-vous ? demanda Alfred Benna. (Il n'était pas désarçonné. Pas encore. Son sourire rétrécissait à vue d'œil.)

— Ali, répondit Ali en tirant bouffée sur bouffée. Le factotum de mon patron et devinez lequel. Un télégraphiste, si vous préférez. J'avais un message pour vous. Je viens de vous le livrer à l'instant.

— Vous parlez par énigmes. Je ne saisis pas très bien l'allusion au chat crevé.

— Un homme mort n'a pas de prix non plus.

— Quel homme mort ?

— Celui qui venait du passé, dit placidement l'inspecteur. (Il écrasa son mégot, leva une main apaisante.) Le passé est sujet à toutes les interprétations. Je vais vous expliquer en citant un exemple historique. Idi

Amin Dada se proclamait « seigneur de toutes les bêtes de la Terre et de tous les poissons de la mer, vainqueur de l'impérialisme britannique et... dernier roi d'Écosse. » Je n'invente rien. C'est authentique. Et on le croyait, dans son pays et ailleurs, parce que ses fantasmes étaient transparents. De tous les dictateurs du tiers-monde, il était le plus baroque et le plus caricatural. Plus c'était énorme et plus on le prenait au sérieux. Ceux qui tiraient les ficelles de la marionnette étaient bien contents. Mais qui était-il en vérité ? Maintenant qu'il coule paisiblement le restant de ses jours en Arabie Saoudite, il n'est plus qu'un nom commun. Les voies du passé sont aussi insondables que celles de la Providence chrétienne ou du Nasdaq. Témoin ce vieil homme qui a quitté la vie il y a une quinzaine de jours et dont il ne subsiste que la légende. Vous saisissez ?

— Non, dit Alfred Benna d'on ton sec et le front ridé. (Il ne souriait plus du tout. La colère rendait plus noirs ses yeux.) J'ai été enchanté de faire votre connaissance, mais je n'ai pas de temps à perdre.

— Moi non plus, répliqua l'inspecteur. Je

ne suis pas venu de si loin pour parler du beau temps et de la pluie. Mon patron attend votre réponse et vous savez mieux que moi qu'il ne plaisante jamais. Le CAC 40 a progressé de 0,33 %, l'euro vient d'atteindre la cote de 1,2845 dollar et, selon mes dernières informations, le groupe Accor est à son plus haut niveau. Mais, soit dit en passant, ne misez pas sur ce toquard comme vous vous proposiez de le faire cet après-midi. Écoutez, voici ce que l'on va faire en êtres pensants et sensés : trinquer à la santé de votre cheval sans plus attendre. Le vin déliera sans doute ma langue et j'emploierai des mots concrets. Qu'en dites-vous ? Je me mets debout sur mes pieds que voilà et débarrasse le plancher sans plus attendre, ou bien je reste assis ?

Celui qui se leva était un tout autre homme, jovial et intrigué, maître des lieux et de la situation. À travers la carafe du provignage, il scrutait attentivement ce drôle d'individu qui sautait du coq à l'âne. Il dit :

— J'ai reçu récemment un lieutenant de Mimoun Riffi. (Sa voix trahissait une légère inquiétude. L'inspecteur Ali se demanda pourquoi. Pourquoi légère ?) Son langage était plus châtié que le vôtre.

— Ah bon ? dit Ali. À chacun son style. Le style, c'est l'homme. Qu'à cela ne tienne : je vais ramener mes jambes dans la position normale. La bienséance, ça existe. Généralement on boit le vin dans un verre transparent. Pourquoi ces deux-là ne le sont-ils pas ?

— Parce que vous êtes ignare en matière d'œnologie. La robe de ce provignage a des reflets surprenants quand on le sert dans un verre bleu ou de couleur verte. Différents, bien sûr, mais très intéressants, inattendus. Lequel préférez-vous ?

— Le vert, comme l'étendard du Prophète. Je suis musulman. Il faut sauver les apparences, hey ?

Alfred Benna remplit délicatement les deux verres à moitié, fit quelques pas et tendit le verre bleu à Ali — *celui qu'il avait prévu.* Une opération algébrique à deux inconnues, x et y, était très ardue à résoudre, certes ; mais elle devenait limpide si on manipulait l'interlocuteur, méfiant et sagace, pour le conduire de la logique à l'illogique. Benna garda longtemps en bouche une première gorgée, l'avala, goûta une autre gorgée, une troisième... Il dit :

— Il n'est pas tout à fait oxygéné, mais il est gouleyant. Vous ne buvez pas ?

— Je vais le faire, répondit Ali. J'attendais votre diagnostic. (Et il vida son verre d'un trait.)

— Ce n'est pas du petit-lait.

— Je sais. Mais l'Islam m'a téléphoné dans ma tête. Alors j'ai fait vite fissa. Il est bon, votre pinard. Je liquiderais volontiers toute la bouteille.

— Tout à l'heure, cher ami. Liquidons d'abord cette mystérieuse affaire dont je n'ai pas saisi un traître mot.

L'inspecteur se composa instantanément un visage de chérubin pour demander :

— Avez-vous entendu parler d'un saint catholique nommé saint Amour ? Je lis régulièrement l'éphéméride dans un quotidien français, juste en dessous des programmes de télé, TF1, France 2, France 3, M6 et Arte bien sûr, puisqu'il faut bien que je me prenne au sérieux de temps à autre. Et voici ce que j'ai trouvé un jour, mot pour mot : « Honoré en Franche-Comté, c'est un saint dont on ne sait rien. » Texto. On ignore tout de cet Amour-là, mais c'est un saint. On l'a canonisé. C'est le mythe dans toute sa splendeur. Vous saisissez à présent ?

Alfred Benna ne perdit ni son calme ni sa peur soudaine. Il alla chercher la carafe et remplit à nouveau les verres. Dans l'intervalle, la peur s'était muée en agressivité, prête à éclater. Ali avait deux yeux, et c'étaient de bons yeux.

— Je m'aperçois que votre langue est encore nouée, dit Benna. À votre santé !

— À la vôtre surtout, monsieur Benna.

Ils trinquèrent jusqu'à la dernière goutte, en chiens de faïence ou comme un vieux couple qui n'a plus rien à se dire.

— Et si vous vidiez enfin votre sac, cher ami ?

L'inspecteur Ali fit basculer ses jambes par-dessus l'accoudoir de son fauteuil et répliqua d'une voix paterne, sans placer un mot plus haut que l'autre :

— Il n'y a plus rien dedans. Et d'ailleurs, je n'ai pas de sac. Mais, puisqu'il faut mettre les points sur les « i », allons-y gaiement. Comme saint Amour, on ne sait pratiquement rien de l'homme qui vient de mourir. C'était un mythe médiatique, le Coran en plus. Il s'appelait Oussama Ben Laden.

Le cheval hennit à l'arrière-plan sonore. S'ensuivit une galopade qui s'estompa decrescendo. S'installa le silence, épais, assourdissant, tangible. Et, du milieu de ce silence, fusa une question de flic :

— Vous le connaissiez, monsieur Benna ? De son vivant, s'entend ?

— De nom, répondit calmement Benna. De nom seulement, comme tout le monde. Il est mort, dites-vous ?

— Mort et enterré. Vous pouvez dormir sur vos deux oreilles, paisible et apaisé. Rassurez votre conscience. Vous n'y êtes pour rien. Ainsi donc, vous ne l'avez jamais vu dans cette vallée de larmes ? Vif, pour employer le langage édulcoré de George Bush ? Sauf sur CNN ou Al-Jazira ?... Parlez plus fort, j'entends sourd.

— Vous êtes dans la police ? aboya Benna.

— Moi, flic ? se récria l'inspecteur, outré. Je suis un enquêteur, voyons ! Un enquêteur financier au service de M. Riffi. Vous brassez nombre d'affaires de par le vaste monde. Vos intérêts se conjuguent parfois avec les siens. Ou se neutralisent en dépit de votre bonne volonté. Pour bien préciser les faits, je vais mettre en majuscule la lettre « i » et souligner le point qui se trouve dessus. Je dirais qu'il vous est arrivé de traiter certaines affaires délicates avec le défunt, notamment dans le domaine du pétrole. Mais depuis qu'il est passé de vie à trépas alors qu'il n'en demandait pas tant, m'est avis que vous ne pouvez plus avoir accès à votre compte commun à l'UBS, l'Union des Banques suisses à Zurich.

Il n'avait jamais tué personne dans l'exercice de ses fonctions. Il ne possédait même pas d'arme de service. Tabassé, si. Allégrement, avec sa bonne vieille matraque dans la cave du commissariat central. Il plaignait du fond du cœur cet homme dont il venait de programmer la mort inéluctable. Mais le plan était le plan. Il tira de sa poche le « bidule » et composa un numéro à treize chiffres.

— Monsieur Mimoun Riffi ?... C'est moi. Je ne vous dérange pas, j'espère ?... Je suis à Blois, le cheval est magnifique, Swift qu'il s'appelle, mais son propriétaire est aux abois... Non, non, il n'est pas impliqué dans l'affaire qui nous occupe, mais il se fait du mauvais sang pour son compte à l'UBS... Vous ne pourriez pas par hasard le débloquer avec un antivirus ou un antidote ?... C'est un honnête homme et sa cave est excellente... Je vous le passe...

Il appuya sur la touche Étoile et tendit le portable à Alfred Benna. Il n'écouta pas la conversation. Il la connaissait d'avance. Qui aurait pu se douter qu'il était un technicien de génie, doublé d'un imitateur hors pair ? Les réponses avaient été enregistrées sur disquette avec la plus grande minutie, les silences de l'interlocuteur, la respiration, l'ambiance. C'était un gadget du tonnerre d'Allah.

— Je vous remercie infiniment, monsieur Riffi, conclut Alfred Benna.

Il rendit le portable à l'inspecteur. Il avait retrouvé le sourire et le chemin du paradis.

— Toute ma gratitude à vous aussi. Que puis-je faire pour vous ?

C'était la question qu'attendait Ali — la touche finale.

— Oh ! pas grand-chose, répondit-il en se levant. Pourriez-vous vous séparer de ces deux verres en cristal ? Je n'en ai jamais vu de pareils. Je les remplirais de thé à la menthe, à défaut de vin, ça ferait classe.

— Avec plaisir, j'en ai toute une caisse. Je vous l'offre.

— Non, non ! Ces deux-là suffisent. Le bleu pour moi, le vert pour ma femme. C'est le caprice d'un sentimental attardé. Quand je siroterai du thé, je penserai à vous. Mais j'ai peur de les casser. Si vous les enveloppiez dans du papier-journal, ce serait parfait.

Un paquet sous le bras, il prit congé de son hôte et se dirigea vers la porte. Il s'arrêta sur le seuil. Se retourna et laissa tomber :

— Ravi d'avoir fait votre connaissance, monsieur Sélim Ben Laden !

8

Interlude

Tanger. Vêtu d'un sarrau et d'un vieux pantalon rapiécé, l'homme qui entra dans le salon était quelconque. Il avait des mains calleuses de paysan. Un luth pendait dans son dos.

— Je viens d'apprendre une triste nouvelle, lui dit doucement Mimoun Riffi. L'un de mes amis a rejoint Allah dans l'au-delà. Fais-nous entendre la voix de la vie. *La Chanson de l'arbre*, par exemple, du regretté Omar Naqishbendi. Tu connais ?

L'homme quelconque hocha la tête. Il ôta ses babouches et s'assit par terre en tailleur. Il tourna le dos à son hôte, contempla un instant la large baie vitrée qui avait pleine vue sur la mer. Le luth, il le fit glisser sur ses genoux en un geste très lent, comme s'il se fût agi d'un enfant endormi. Les cordes, il les effleura du bout des doigts pour les réveiller.

175

Puis il leur fit donner de la voix, à plein. Et voici : le passé rejoint le présent, l'instrument devient aussi vivant que l'arbre plein de sève qui lui a jadis offert son bois. Quatre cordes en boyau de chat, tendues à rompre. Placée au centre, la cinquième est en crin de cheval tressé : le bourdon. Naissant à partir de ce bourdon et y revenant à intervalles réguliers, à la fois pour y mourir et pour en renaître, monte la *langue de la vie*, musicale charnellement ; monte, scande et bat selon l'alternance du jour et de la nuit, selon le déroulement des saisons, le flux et le reflux de tous les océans du monde, le déferlement des vents issus des quatre horizons du ciel, la fulgurance des étoiles filantes par les soirs d'été ; danse la mélodie de l'arbre du Destin, danse et vibre en flots ininterrompus de pulsations sans commencement de l'éternité sans durée. Sans néant. Ceci :

Mimoun Riffi était tout écoute. Mais il écoutait en même temps ses pensées, sans trop leur accorder d'importance. L'une d'elles accompagnait à bord d'un jet privé la dépouille mortelle de Sélim Ben Laden, plus connu en Occident sous le nom d'Alfred Benna. Dans une heure ou eux, on lui rendrait les honneurs dus au renom de sa tribu princière et à sa fortune, dans sa terre natale, l'Arabie Saoudite. La famille régnante assisterait sans doute à la cérémonie, des scribes de cour composeraient séance tenante des élégies en guise d'oraison funèbre, la CIA et autres services de renseignement finiraient par classer l'affaire, au grand soulagement de la Maison-Blanche et du monde de la finance. On ne mélangeait pas les torchons avec les serviettes. La politique nuisait gravement à la belle harmonie du commerce international. C'était comme si on insérait incongrument des trémolos de raï ou une fureur de musique techno dans ce sublime *Chant de l'arbre*. Sélim Ben Laden avait eu tort de se mêler de ce qui ne le regardait pas. Il en était mort. De quoi était-il mort ?

Si les informations de Mimoun Riffi étaient exactes — et elles l'étaient toujours —, il avait succombé des suites fatales du SRAS, le syndrome respiratoire aigu sévère qui avait couvé à Toronto. L'Occident était atteint de toutes sortes d'épidémies virales, la grippe asiatique ou la fièvre aviaire par exemple. Mais les autorités médicales étaient formelles : il s'agissait bien du SRAS. L'autopsie pratiquée en France avait été corroborée par une contre-expertise en Suisse. La pensée flottante et bercée par la mélodie d'Omar Naqishbendi, Mimoun Riffi s'interrogeait néanmoins. On n'avait trouvé nulle trace d'armes de destruction massive en Irak, biologiques notamment. Mais des laboratoires américains en avaient fabriqué de pleines réserves à l'époque où sévissait la guerre froide. Un expert malintentionné aurait-il pu cultiver quelques virus de ce syndrome atypique dans une banale ampoule de solution aqueuse ?... Pauvre Sélim, demi-frère d'Oussama Ben Laden ! Étrangement, il avait quitté la vie un mois après que l'inspecteur Ali lui eut rendu visite, le temps de l'incubation et des symptômes subséquents... Un concurrent de moins dans le saint empire de la finance, bon débarras !... Mimoun Riffi ne voulait pas savoir ce que fabriquait ce tordu d'inspecteur avec ses coups tordus. Pour lui, Ali était peut-être une erreur humaine en chair et en os, mais il avait été surtout un auxiliaire inattendu. Il avait fait du bon boulot.

La Chanson de l'arbre s'achevait sur le renouveau. L'homme quelconque se levait, remettait son luth dans le dos, chaussait ses babouches et s'en allait après une révérence. Parut sur le seuil un serviteur en smoking, un téléphone mobile à la main.

— L'avion est prêt au décollage, maître. Vous êtes attendu à Davos.

— Amen ! dit Riffi. Paix aux vivants !

9

L'inspecteur

Remontons le cours du temps, si vous le voulez bien, et revenons à notre sympathique inspecteur. Il prit congé de son hôte en ces termes : « Au revoir, monsieur Sélim Ben Laden. » Il sortit et cracha. Le vin qu'il venait de déguster était trop excellent pour son palais délicat, conditionné par le kif. La première chose qu'il fit, ce fut de se débarrasser de son colis dans une poubelle. Mais avant de l'y jeter parmi les ordures ménagères et autres détritus, il l'écrasa à coups de talon. Un éboueur malavisé aurait peut-être eu l'idée de récupérer les verres intacts, surtout celui de couleur verte, pour y boire son pinard quotidien. À la suite de quoi, notre inspecteur ouvrit en grand la porte de l'enclos et demanda gentiment au cheval de décamper. Le pur-sang piaffa sur place. Ali lui jeta une pierre. « Va-t'en de là ! Tu n'es pas un domestique. Va retrouver ta liberté ! » Le cheval se cabra et partit au galop à travers champs. Surgit le palefrenier rougeaud.

— Qu'est-ce que vous avez fait ? Vous êtes fou ou quoi ?

L'inspecteur le tua. Du tranchant de sa main en travers de la gorge. Un fer à cheval traînait dans l'écurie. Ali le ramassa et le lui appliqua sur le cou, à l'endroit exact où il lui avait asséné un atémi foudroyant. Il appuya de la pointe de sa basket et de tout son poids. Puis il empocha le fer à cheval. C'était un porte-bonheur. Les gendarmes du coin en tireraient la conclusion qui s'imposait d'emblée : la marque était identifiable au premier coup d'œil, nette, profonde et sanglante déjà. Swift avait rué et s'était sauvé. Ce type aurait dû vaquer à ses occupations, au lieu de se mêler de ce qui ne le regardait pas. Il aurait pu donner l'alerte, ce con. Bah ! ce n'était qu'un malheureux incident, un dommage collatéral. Bien évidemment, la maréchaussée allait faire une enquête de voisinage. Mais quel voisinage ? La maison la plus proche était à quelque cinq cents mètres de distance.

Quant à Alfred Benna, il avait certainement l'oreille collée à son téléphone. Pour parfaire son œuvre, l'inspecteur démolit avec soin la porte de l'enclos. Et s'en fut en se frottant les mains. Où pouvait bien se trouver le fils du vent et du désert à cette heure ? En Alsace ?... déjà ? Plus vite, plus vite, cours ! *démigre*, mon frère, oublie tout ce qu'on t'a appris, triple ton galop ! Avec un peu de chance, tu finiras un jour ou l'autre par regagner la terre de tes ancêtres, inchallah.

Une Mercedes noire roulait au pas sur la route départementale. Derrière elle, des automobilistes pressés klaxonnaient sans arrêt. L'inspecteur la rejoignit au trot, ouvrit la portière et s'installa sur la banquette arrière. David Moine était au volant. Ali referma la portière et dit :

— Trace !

— Ça fait un bail que je ne t'ai pas vu, répondit David.

Il passa à la vitesse supérieure en moins de deux secondes. En France, il s'appelait légalement Moine, allitération sémantique et catholicisée de son patronyme sémite : Moïse. David Moshé en arabe. Natif du Derb Soltane, le quartier le plus populaire de Casablanca, il avait partagé la misère de son enfance et la survie de son adolescence avec celles de son meilleur copain : Ali. Ils avaient joué ensemble, chapardé ensemble, arnaqué les gogos, fait les quatre cents coups, dragué les petites chrétiennes à la sortie du lycée Lyautey, rêvé. Officier de la DGSE (service Action), il ouvrait largement ses dossiers à Ali en cas de besoin — et envoyait le foin et le menu fretin aux juges patentés, spécialistes s'il en fut de la lutte contre le terrorisme islamiste. L'inspecteur garantissait en revanche la sécurité des juifs du pays, de leur pays. C'était tacite, d'homme à homme. Selon les enquêtes des honorables correspondants de la DGSE au Maroc, l'inspecteur Ali n'existait pas, ne figurait même pas dans les fichiers de la police du royaume chérifien. Et c'est ainsi que nombre d'affaires avaient été résolues en sous-main, par-dessus la tête des gradés. Exemple : un certain Besse, gangster notoire recherché depuis longtemps par toutes les polices de France et de Navarre, fut arrêté un beau jour à Tanger, alors qu'il déjeunait en toute quiétude dans un restaurant de second ordre. Il s'était converti à l'islam, avait épousé une Marocaine et disposait d'une nouvelle identité en bonne et due forme. Non, Ali et David ne se connaissaient pas, ne s'étaient jamais rencontrés. La main droite ignorait ce que faisait la main gauche, surtout si elles appartenaient à la même personne. David Moine-Moïse était juif dans l'âme, sans kippa et sans foi, tout comme Ali était un mahométan sans barbe et sans turban. Il y avait cependant une petite différence entre eux : l'un était bien obligé d'obéir aux ordres de ses supérieurs, voire au ministère de l'Intérieur et à la Chancellerie ; l'autre contournait les lois sans états d'âme et ne rendait compte à personne. Et tous deux, par-delà la Méditerranée, les confessions, les idéologies, l'espace et le temps, avaient en commun le bien le plus précieux de la vie : l'amitié.

David Moïse-Moine conduisait vite et bien. Il surveillait le rétroviseur plutôt que le cadran qui avoisinait 140 kilomètres à l'heure. Dix minutes après avoir écrasé l'accélérateur au plancher une fois pour toutes, il risqua une remarque brève :

— Tu ne m'as pas l'air dans ton assiette, vieille branche.

L'inspecteur était en train de se rouler un joint. Il le cala au coin des lèvres, cala sa langue dans la bouche. Il dit :

— Je réfléchis.

— Ah ? fit David.

— Ça m'arrive de temps en temps.

Ils éclatèrent de rire. David tenait fermement le volant. Il dit :

— Et tu réfléchis à quoi en ce moment ?

— À mes vacances, répondit Ali en actionnant son antique briquet à essence. J'hésite entre l'Afghanistan et l'Irak. Paraît qu'il y a là-bas plein de curiosités archéologiques.

— C'est risqué. Tu es trop curieux.

— Toi aussi. La preuve, c'est que tu es venu me chercher dans cette grosse bagnole. Je ne t'ai rien demandé, hey ?

— Non, reconnut David. Tu ne m'as rien demandé. Expressément du moins. Je ne t'ai pas vu.

— Xactement. Tu m'as apporté le truc ?

— Cette question ! s'écria David. Mais ça s'appelle reviens.

— Où tu l'as déniché ?

— Là où il était. En Suisse.

Ali emplit ses poumons de fumée, expira. Puis il dit :

— Je viens de changer d'avis. Dépose-moi en Suisse. Tu sais où ça se trouve ?

— C'est vaste, la Suisse. C'est vague.

— Et neutre comme toi et moi, conclut l'inspecteur. Tu me débarques juste à la frontière. Vu ?

— Vu, répondit l'officier de la DGSE. Il y a eu cinq attentats hier à Casablanca. Plusieurs de mes frères sont morts, d'autres ont été grièvement blessés.

— Quand le chat n'est pas là, les souris dansent. Mon avion se trouvait entre ciel et terre, à hauteur de Barcelone.

— Je sais. Ce sont des islamistes qui ont fait le coup de feu ?

— Des islamistes ? se récria l'inspecteur en se voilant la face. Ça veut dire quoi, islamistes ? Pourquoi pas des judaïstes ou des christianistes pendant qu'on y est ? Les lampistes existent partout. Réfléchis, David.

— Je n'arrête pas de réfléchir.

— Xactement. Tu le fais devant un miroir qu'on te présente fort à propos pour que tu te regardes dedans. Tu t'admires, tu te trouves très intelligent. Mais qu'y a-t-il derrière ce miroir, hein ? Voyons un peu. Une supposition : on bavarde toi et moi depuis un bon moment ; et tout à coup, je te dis : « Scuse-moi, mon vieux, j'ai un rendez-vous urgent, faut que j'y aille ! » Mais si je dis ces mêmes mots, « faut que j'y aille », à un Américain, il entendra *fuck GI*, ça se prononce pareil, et je me retrouve à Guantanamo. Tu saisis ?

— Oui et non, avoue David. Je n'ai pas de miroir. Tu peux m'affranchir ? Je n'écouterai pas.

Ali l'affranchit. Quelqu'un n'arrivait plus à refermer la marmite dont il avait soulevé le couvercle, avec les meilleures intentions du monde. La marmite bouillonnait depuis une trentaine d'années. Les généraux n'aimaient pas du tout la vapeur qui s'en échappait. Ils tenaient à leurs privilèges. Leur clientèle aussi.

Zurich. Pendue à son cou, à l'aide d'une cordelette, une vieille sacoche en peau de mouton se balançait au niveau du centre de gravité de l'inspecteur Ali. Elle contenait les viatiques d'un voyage en pays étranger : une théière, un verre guilloché bourré de boulettes de papier-journal par mesure de précaution, un quignon de pain de sucre, un petit marteau en cuivre pour casser ledit sucre d'un coup sec et précis, du thé vert en vrac, un bouquet de menthe, une galette d'orge et de la viande séchée au soleil au cas où son ventre crierait famine au siège central de l'Union des Banques suisses. Et rien d'autre. Pas de carte de crédit, pas de lettre d'accréditation, pas le moindre centime. Tout était dans sa tête. Vêtu d'une djellaba brune de l'Atlas, coiffé d'un tarbouche rouge et chaussé de babouches jaunes, il entra dans le hall tout en marbre, empli de solennité. Il était l'image même de l'Arabe des temps anciens, le visage empreint de dignité et l'honneur au fond des yeux. Il avait fière allure, comme l'aurait qualifié un orientaliste émérite. Mais il n'était pas dans son élément. Il avait des crampes dans la cervelle.

Tout au fond du hall, il y avait un bureau d'accueil et une hôtesse d'accueil. Elle se leva, vint à sa rencontre. Elle lui souhaita la bienvenue d'une voix feutrée, en anglais d'abord, puis en français, en allemand, en néerlandais,

et même en américain, quelque chose comme
« hy ! »... Elle lui souriait avec aménité, jeune,
belle et aseptique. La main sur le cœur, il
invoqua Allah afin qu'il accorde sa bénédiction à cette parfaite maîtresse de maison, ainsi
qu'à sa famille et à ses proches, à son ascen-
dance et à sa descendance jusqu'au septième
degré pour deux raisons qui, au lieu de s'anni-
hiler mutuellement, s'harmonisaient de façon
idéale dans son corps de femme : primo, elle
était très jolie à vue d'œil, de près et de loin,
cela ne faisait aucun doute ; secundo, la propreté absolue régnait dans cette immense
baraque, pas un seul grain de poussière, il
pouvait en témoigner de ses yeux que voilà...
et, n'est-ce pas, si les ménagères de son pays
apportaient autant de soin en lavage, nettoyage
et briquage dans leurs demeures jusque dans
les chiottes, à fond et pas simplement en
façade, il n'y aurait plus de problème au Maroc
et dans l'ensemble du monde arabe. Bref et
cinq minutes plus tard, il lui donna une chaleureuse poignée de main... Auriez-vous la
gentillesse d'annoncer ma visite à votre époux
le caïd ?

L'hôtesse souriait toujours. Si elle ne saisit

pas un traître mot de ce torrent de compliments, elle n'en laissa rien transparaître sur son visage charmant. Elle sortait d'une grande école de management et de relations publiques. Mais en quelle langue charabiesque s'exprimait l'homme en djellaba ? En arabe peut-être ?... Elle appela à la rescousse l'interprète de service. Un Libanais. Il salua Ali d'un salamalec de circonstance, il était heureux de faire sa connaissance.

— Êtes-vous l'un de nos clients, un mandataire ou un ayant droit ?

C'était une question bien simple, normale et concise. Ali se mit à parler d'abondance dans toutes les directions, de l'ouest à l'est, de Casablanca à Beyrouth, tout le plaisir était pour lui, tout l'honneur, de bavarder avec son frère citoyen du pays du cèdre, et comment son interlocuteur avait-il pu atterrir en Suisse dans cette mosquée de la finance internationale et...

... Et j'ai failli écrire cette scène dans ma langue maternelle, telle que me la raconta l'inspecteur par la suite. J'ai essayé tout au moins, cinq heures durant. Et j'ai fini par avoir une sacrée migraine. L'entreprise était périlleuse. Pour lui donner forme et consistance, il aurait fallu que je dispose d'une machine à écrire avec des caractères arabes et taper de droite à gauche. Il m'aurait fallu également un dictionnaire arabo-arabe capable de guider mes neurones du dialectal qu'employait Ali au vocabulaire châtié et à la syntaxe classique du Libanais. Si certains mots étaient à peu près compréhensibles dans leur acception commune, leur prononciation différait de l'un à l'autre interlocuteur et en changeait le sens, à l'instar de ces chefs d'État qui se réunissent régulièrement et votent des résolutions à l'unanimité sans jamais se comprendre. Dans le cas présent, l'inspecteur Ali « gutturalisait-il » plus que de raison, tout en laissant tomber par-ci par-là dans la conversation quelques formules coraniques passe-partout ? Certainement. Cela faisait partie de son plan. L'interprète n'était qu'un employé subalterne, et Ali l'amenait progressivement à croire que, pas du tout, il n'était pas un salarié ordinaire, mais un homme irremplaçable à l'UBS. La preuve par neuf, c'est que le président Rafik Hariri, client de cette banque, lui avait vanté ses mérites. Pour faire passer ce mensonge éhonté, il fit appel à l'habitude, cette seconde nature de l'homme selon la formule du sociologue Ibn Khaldoun, leur lointain ancêtre à tous deux. Et cette seconde nature était en l'occurrence l'*arabitude*. Quand deux Arabes se rencontrent, ils se parlent sans retenue et sans notion du temps parce qu'ils n'ont rien à se dire — rien d'essentiel. Bref, voici la scène péniblement traduite dans ma langue d'adoption, cartésienne autant que faire se peut :

Ali et son interprète étaient à présent dans un petit salon du premier étage. Ils sirotaient du thé à la menthe dans le même verre guilloché, une gorgée pour l'un, une gorgée pour l'autre, en vieux amis, en frères. Ali avait vidé la sacoche de son contenu, tout le nécessaire était là. Ne manquait que de l'eau chaude. On la lui apporta bouillante dans un pot. Et ils devisaient comme à la terrasse d'un café, de tout et de rien. À propos, le Hezbollah était drôlement fortiche : échanger trois cadavres contre trois cents prisonniers !... à croire qu'un Israélien, même mort, valait cent Arabes vivants. À un certain moment, le Libanais se souvint qu'il avait un job à l'UBS et reprit ses esprits. Il répéta timidement sa question :

— Êtes-vous un client, un mandataire ou un ayant droit ?

— Tu parles français ? rétorqua Ali de but en blanc.

— Bien sûr... évidemment... mais...

— Pourquoi tu ne me l'as pas dit plus tôt ? On aurait pu gagner du temps. Je vais te mettre au courant en deux mots, peut-être trois ou quatre, pas plus. Écoute bien.

L'inspecteur se carra dans son fauteuil et commença son exposé à la manière d'un technocrate. Selon lui, la situation des places financières n'était ni plus ni moins qu'un finalisme catastrophique de Tokyo à Wall Street, en passant par la City de Londres, la Bourse de Paris, Francfort, Zurich *et cetera*. Il n'acceptait pas le rassemblement sur une nouvelle identité qui reconduisait le système à l'identique. Bien au contraire, il fallait envisager les procédures dans leur complexité et tenir compte de la diversité dans sa réalité temporelle éclatée. En d'autres termes, il était grand temps de voir plus loin que la portée du regard. Ramener le rôle des banques dans la causalité historique consisterait en définitive à aggraver le déséquilibre mondial, n'est-ce pas, cher ami ? Mis en confiance et suspendu à ses lèvres, l'interprète approuvait, répondait sans en avoir conscience à quelques sous-entendus — et lâchait en toute innocence des informations d'apparence anodine sur la banque et sur ses gros clients. Car qui donc dans l'espèce humaine peut résister à son désir viscéral de se faire valoir aux yeux de son prochain et de se montrer plus intelligent qu'il ne l'est en réalité ? Plus malin, plus savant, mieux informé que quiconque ? Chaleureux et l'oreille dressée, Ali était tout à fait de son avis. Il développa sa pensée de long en large, sinueuse comme un boa, de l'indice Nikkei à la croissance dans tel ou tel pays de l'Union européenne évaluable à 0,31 % sur fond d'inflation diffuse et de chômage en hausse libre, en faisant un petit détour à Bombay où Coca-Cola était considéré comme le symbole des multinationales accusées de corruption et de pollution à l'échelle planétaire...

Un monsieur maigre et chauve longeait le couloir qui le menait à son bureau. Attiré par l'argumentaire d'Ali, il ralentit le pas. La porte du petit salon était ouverte. Il s'immobilisa sur le seuil et n'en bougea plus, tout écoute, un dossier sous le bras. L'interprète ne remarqua pas sa présence. L'inspecteur, si.

— ... Le dollar ? poursuivait-il. Outre-Atlantique, on ne s'en occupait tout simplement pas. En octobre 2003, il avait assisté en chair et en os à une réunion du Conference Board Europe, regroupant les principaux *business economists* du vieux continent. Il avait entendu de ses deux oreilles l'apostrophe d'un intervenant US que voici : « La faiblesse du dollar n'est pas une bonne affaire pour vous. Mais ce n'est pas notre problème, c'est le vôtre. Le taux de change n'est pas fixé par Washington, mais par le marché. » En matière de conclusion, l'homme en djellaba déclara qu'il fallait mettre un terme à la paranoïa économique ; que les banques, l'UBS comprise, se bouchaient les yeux ; et que faute d'analyses réalistes, elles se réfugiaient dans une sorte de philosophie irrationnelle qui ressemblait fort au fatalisme mahométan. Quant à lui, il n'était pas l'un de ces journalistes qui traversaient l'actualité : il la contrôlait, tenants et aboutissants, la créait au besoin.

Demain n'était pas à attendre, mais à inventer. Lorsqu'il se tut enfin à bout d'imagination et de salive, son interlocuteur ne savait plus du tout où il se trouvait à cette heure et à cet instant, ni qui il était. Et il avait oublié depuis longtemps la question qu'il avait posée au début.

Le monsieur maigre dit d'une voix détimbrée :

— Très intéressant. Bonjour, monsieur.

Le Libanais se leva précipitamment.

— Oh ! pardon. Je ne savais pas que...

L'autre ne lui accorda pas un regard. Il entra et se plia en deux pour donner une bonne poignée de main à l'inspecteur.

— Très, très intéressant. Notre fondé de pouvoir serait heureux de s'entretenir avec vous.

— Au sujet de mon relevé de compte ?

— Entre autres. Je suis l'un de ses conseillers. Si vous voulez bien me suivre ?

Ali voulut bien. Il vida les fanes de thé dans une corbeille à papier, mit le verre à l'abri dans la théière, fourra celle-ci dans sa sacoche et s'arracha de son fauteuil en se massant le bas du dos. Il ajouta du temps au temps et des rognures de paroles aux paroles pour dire au revoir à son compatriote du Proche-Orient et lui souhaiter un avenir de millionnaire. Il lui donna l'accolade, puis il se retourna. Le conseiller n'était pas totalement chauve. Il lui restait encore quelques cheveux sur l'occiput, en forme de croissant. C'était bon signe : quelques heures plus tôt, l'inspecteur Ali avait contemplé le ciel avant de se coucher, la lune était à son premier quartier.

Il entra sur la pointe des pieds et prit un siège avec un soupir d'aise. Dans l'intervalle, il avait machinalement photographié les lieux et le maître de céans. Moquette et murs couleur caca d'oie, bureau gris sur lequel trônait un ordinateur ton sur ton. Pas une mouche à l'horizon, pas le moindre cendrier, pas une seule résonance du monde extérieur. Ce n'était même pas du silence — plutôt une absence, l'éternité suspendue à l'instant présent. Le fondé de pouvoir ne s'était pas présenté par son nom. Son titre lui tenait lieu d'identité. Tout était rond en lui : le visage, les yeux globuleux, les verres de ses lunettes, les gestes, la voix, la bienséance et les convenances. Ali enregistra ces indices antipersonnels, avant de s'adresser au personnage en choisissant ses mots. Il dit :

— Votre conseiller m'a couvert d'éloges. J'en rougis encore. Toutes proportions gardées, mes propres conseillers financiers m'encensent, alors que je ne suis qu'un simple homme d'affaires. J'aimerais bien bavarder avec vous sur la mécanique ondulatoire de l'Organisation mondiale du commerce et le pragmatisme flottant des banques. Mais auparavant, nous allons parler d'un cas particulier, le mien. Je suis venu inspecter ma petite fortune que j'ai déposée chez vous par des voies détournées.

— Pas de noms, s'il vous plaît, fit remarquer le fondé de pouvoir.

— Bien entendu, dit Ali. J'ai trente-huit ans et il n'a pas plu hier. Les affaires n'ont pas de patronyme, pas de prénom, pas d'odeur. Comment vont mes petites économies ? Voici longtemps que je n'ai pas eu de leurs nouvelles. J'espère qu'elles n'ont pas attrapé le virus de la bulle américaine.

— Les chiffres, s'il vous plaît.

— Il y en a treize. Je vais vous les citer dans l'ordre : 1360795157001. Vous y êtes ?

Le gentleman tout rond ébaucha un sourire. Il dit : « Bien-bien. » Il fit pivoter l'ordinateur.

— Si vous voulez bien taper votre mot de passe, monsieur, puis l'effacer afin qu'il reste confidentiel.

— Il est gravé dans ma tête. Et je connais la fonction de la touche DELETE et de la touche BLACKSPACE, au choix.

Un voyant vert s'était allumé sur l'écran. L'inspecteur jubilait en son for intérieur, mais son visage était grave. Il allait risquer le coup. Orphelin à l'âge de dix ans, il avait appris la vie dans la contre-école de la rue, filouté les boutiquiers de la médina en compagnie de ses copains, des traîne-misère comme lui. La tactique était simple : on achetait un article quelconque, un paquet de cigarettes par exemple ; on déposait un petit billet de banque sur le comptoir et, au moment même où le boutiquier était sur le point de rendre la monnaie, on lui remettait une pièce de monnaie pour faciliter l'addition et la soustraction, puis une deuxième pièce pour les simplifier davantage.

Si doué qu'il fût en calcul mental, le brave boutiquier rendait généreusement la monnaie — plus que prévu. C'était très difficile, voire impossible, de faire *deux* calculs mentaux en même temps. Ce tour de passe-passe, l'inspecteur Ali l'utilisait couramment pour le décompte de ses menus frais de déplacement et aucun comptable du royaume ne s'en était jamais aperçu. Tous disposaient d'un ordinateur sophistiqué... Habitué à sa vieille machine à écrire du commissariat central, Ali se servait d'un seul index pour taper les rapports de police, et parfois de ses deux index pour les faux rapports en bonne et due forme. Ce matin-là, dans ce bureau où il ne pouvait même pas plaisanter ou fumer, ses dix doigts entrèrent en mouvement à l'unisson, voltigèrent à toute vitesse sur le clavier de l'ordinateur avec la virtuosité d'un Dinu Lipatti exécutant les variations Goldberg de Jean-Sébastien Bach. Cela ne dura que le temps d'une pensée fugace. Le voyant vert était toujours allumé — et le compte verrouillé à double tour. Pour y avoir accès, il fallait désormais en former le numéro et le code confidentiel deux fois de suite, selon un certain sens connu de lui seul.

Chaleureuse mais pas trop, une voix tomba à la verticale.

— Vous êtes à la tête de quatre milliards cent dix-sept millions trois cent mille dollars. Je vous félicite, monsieur.

Le fondé de pouvoir s'était levé, avait contourné son bureau, et il scrutait l'écran par-dessus l'épaule de l'inspecteur. Ali resta immobile. Il dit avec une grande modestie :

— C'est moi qui vous félicite. Vous êtes un gestionnaire hors pair. Je n'en dirai pas autant des autres banquiers auxquels j'ai confié des actions et des capitaux.

L'homme de l'UBS fit quelques pas, reprit son siège et son anonymat, fit glisser un tiroir.

— Un cigare, monsieur ?

— Non, merci, protesta l'inspecteur. Je suis allergique au tabac. Les bronches, c'est précieux. J'en ai besoin pour respirer.

— Hummm ! fit le Suisse. (Il toussota dans le creux de sa main, referma lentement le tiroir.) Désirez-vous effectuer une opération de quelque nature que ce soit ? Nous sommes à votre service.

— Aucune opération... Ou plutôt si :

transformez-moi ces dollars en francs suisses. Le rêve américain est un rêve creux.

— Tout de suite, monsieur. (Un doigt à l'ongle rongé pressa sur le bouton de l'inter-phone, la voix ronde donna des instructions.) Nos services techniques sont en train de s'en occuper.

L'inspecteur fit craquer ses phalanges, une à une, posément, comme s'il les comptait à mesure. Et puis... et puis, il se frappa le front à la manière d'un Columbo.

— J'étais si content de constater *de visu* que mes finances étaient en bonne santé que j'ai failli oublier un petit détail. La forêt cache l'arbre, n'en déplaise à Shakespeare. J'aimerais bien jeter un coup d'œil à mon coffre.

— En avez-vous la clef, monsieur ?

— Je ne m'en sépare jamais, répondit Ali.

Il pêcha une clef plate et dentelée dans le capuchon de sa djellaba — le « truc » que lui avait remis la veille David Moïse-Moine, son vieux copain de la DGSE.

— Vous avez la vôtre, j'espère ? demanda-t-il.

Ils se levèrent, se dirigèrent vers la porte. Un ascenseur les descendit au second sous-sol.

Les deux clefs s'insérèrent presque en même temps dans deux serrures. Le coffre s'ouvrit. Il ne contenait en tout et pour tout qu'une boîte en bois des îles. Le banquier tourna le dos pudiquement. L'inspecteur souleva le couvercle de la boîte. Il était au bord des larmes. Il avait trouvé. Il n'était venu à l'UBS que pour trouver cette lettre pliée en quatre et rédigée en arabe. Il la lut, l'apprit par cœur, la replia, la rangea dans sa sacoche. L'attente de la fin de l'attente. La gigantesque émotion de la délivrance. Il avait joué la comédie — joué et gagné. Il disposait à présent de l'arme absolue qui surpassait ses milliards de dollars : le pouvoir de vie et de mort aux quatre horizons de la planète. Et brusquement il se mit à sangloter, lui, le coriace d'entre les coriaces. Le banquier se retourna, inquiet et gêné.

— Ce n'est rien, bredouilla Ali. (Il tira de sa poche un mouchoir qui avait les dimensions d'une serviette de table, s'essuya les yeux, se moucha. Calme-toi, Ali !... calme-calme-calme !... Invente une histoire tout de suite... tout de suite...) Ce n'est rien, ça va passer. Un vieux bracelet que portait ma mère. Elle est morte il y a trente ans. Ne me reste d'elle que ce souvenir.

Le Suisse se signa. Il dit :

— Je suis désolé. Hmmm ! Je comprends. Hmmm !... Nous allons remonter dans mon bureau, monsieur. Une tasse de café vous ferait le plus grand bien.

— Il est midi et quart, répondit l'inspecteur. J'ai besoin d'air, de me changer les idées. J'ai faim. Je vous invite à déjeuner.

— C'est que, voyez-vous... en principe, je ne...

— Les principes n'existent que pour être transgressés. Les banques suisses le savent fort bien. C'est pour cela qu'elles sont florissantes. La transparence dans le secret le plus opaque. Votre conseiller semblait intéressé par mes modestes idées sur la prospective financière. Nous parlerons également des transactions que j'envisage d'effectuer. Vous êtes un homme de probité et de piété...

Ils déjeunèrent dans un restaurant peuplé surtout de garçons et de maîtres d'hôtel déguisés en amiraux. Le service était très lent, les plats parcimonieux, à croire que les Helvètes étaient pauvres au sein de l'abondance.

Ali prenait son mal en patience — ou, plus exactement, sa patience en mal. Il liquida son assiette en deux, trois bouchées et, en attendant la suite des événements, il donnait libre cours à son imagination. Le fondé de pouvoir riait comme vous et moi.

— ... Les chefs d'entreprise de mon pays, continuait-il, roulent dans de grosses cylindrées. Soixante-quinze chevaux au moteur, un âne au volant. Les grands de ce monde, la Banque mondiale et le Fonds monétaire international, ne se comportent pas autrement. Ils naviguent à vue, politiquement. Pour garder les yeux en face des trous, je vais vous citer un exemple concret : l'ordinateur. Est-il du genre masculin ou féminin ? C'est un cas d'école qui s'était déjà présenté à Byzance où on discutait du sexe des anges, alors que les armées de Saladin étaient aux portes de la ville... Ah ! voici enfin le plat de résistance... Résistance ? Ah bon !... Savez-vous, chez monsieur, qu'un groupe d'experts s'est réuni récemment aux États-Unis pour déterminer le sexe des ordinateurs ?... Mais non, je ne plaisante pas. Des économistes prestigieux et des informaticiens de haut niveau. Et tous de conclure que l'ordinateur est bel et bien du genre féminin, d'après les statistiques et pour les quatre raisons suivantes. Primo : personne, sauf son créateur, ne comprend sa logique interne ; secundo : la moindre erreur est stockée en mémoire pour être ressortie au moment le plus inopportun ; tertio : le langage qu'il utilise avec un autre ordinateur est incompréhensible ; quarto : dès que vous en acquérez un, vous découvrez que vous devez dépenser la moitié de votre salaire en accessoires...

Il s'interrompit soudain et dévisagea son invité.

— Vous ne terminez pas votre dessert ? Qu'est-ce qui vous arrive ? Vous ne seriez pas marié par hasard ?... Vous me quittez déjà ?... Je comprends. Les affaires. Je vous remercie de m'avoir consacré une heure de votre temps pour faire passer ce repas. Au revoir, monsieur Silberstein !

L'homme de l'UBS faillit succomber sur place à une crise cardiaque.

— Com... comment avez-vous pu connaître mon... mon nom ?

— La transparence du secret bancaire, répondit l'inspecteur. C'est simple.

Dix minutes plus tard, il déjeunait pour de bon, assis sur un banc public. La viande séchée au soleil était épicée à point, la galette d'orge fleurait le levain des femmes. Comme il mangeait bouche ouverte, des pigeons descendus du ciel à tire d'aile se nourrirent d'abondance des miettes. Il adorait les pigeons. Tranquillement, mot à mot, il relut la lettre d'Oussama Ben Laden. Il actionna son antique briquet à essence et la brûla. Les cendres, il les éparpilla à mains nues sur le gravier. À la suite de quoi, il alluma un joint de kif, fuma jusqu'à l'ultime bouffée. La vie avait un sens. Le destin n'existait que si on le construisait sciemment — *soi-même*. Il se leva, mit un pied devant l'autre et s'en fut vers son destin.

Le lendemain, il était à Islamabad. Il avait troqué sa djellaba contre un costume de circonstance et remplacé sa sacoche en peau de mouton par un attaché-case VIP. Entre lui et lui-même, c'était une course contre la montre, contre le temps et ses aléas. Il venait de téléphoner à sa bien-aimée Sophia. Écoutant la voix de contralto voilée et n'écoutant que son

cœur, il avait failli tout foutre en l'air et rentrer dare-dare au pays.

— ... Comment ça, chérie ? Trois ou
quatre jours ? Seulement ?... Qu'est-ce qu'il
en sait, le gynéco ? C'est un âne bardé et bâté
de diplômes, mais il n'a pas la science infuse.
Et puis c'est un homme, pas une femme. Les
hommes ne connaissent pas grand-chose, c'est-
à-dire zéro, de ce qui se passe dans le corps
d'une femme. Les homosexuels peut-être,
mais je ne crois pas que ton gynéco en soit
un. Tu es une Marocaine et tu sais mieux que
moi que les Marocains sont lents, plus lents
que les autochtones de Scotland... Toi et moi,
nous nous sommes mélangés tous les jours ou
presque, des nuits entières et non pas à la va-
vite, j'en ai encore les jambes qui flageolent...
Par conséquent, l'enfant viendra au monde
avec beaucoup de retard. Parle à ton ventre,
amour de mon âme, dis-lui d'attendre six ou
sept jours, il t'écoutera. J'ai deux ou trois bricoles à régler. N'accouche pas avant mon
retour, je compte sur toi. Pour rien au monde
je ne voudrais manquer cet événement...

Mudir Ahmat, chef adjoint du service de
renseignement pakistanais, le reçut avec affa-

bilité. Il avait le sourire mou, la poignée de main facile, sa tête était plutôt carrée, pour mieux permettre à ses idées de changer de cap selon les fluctuations de la géopolitique. C'est du moins la jauge qu'en gardait Ali dans un tuyau de sa mémoire, au terme d'une enquête alambiquée qu'ils avaient jadis menée ensemble — menée en jouant au chat et à la souris. Mais lequel d'entre eux était le chat ? et qui était la souris ? L'inspecteur n'avait nulle envie de jouer ce jour-là. Il était pressé. Il n'y alla pas par quatre chemins. Il déposa une feuille dactylographiée sur le bureau de Mudir Ahmat. Il dit :

— Voilà le travail.

— Quel travail ?

— La liste du réseau dormant de la nébuleuse Al-Qaïda. Les noms, les pseudonymes, les prête-noms, les coordonnées. Tout y figure noir sur blanc.

L'homme du service de renseignement sursauta, réprima son sursaut presque à la même seconde. Il étudia la liste avec la plus grande attention. Il n'en croyait pas ses yeux.

— Où l'avez-vous dénichée ?

— Dénichée ? se récria l'inspecteur Ali.

Retirez ce mot, il est impropre, voire insultant. Je suis un pro, voyons ! Et vous en êtes un autre, je crois. Disons que le Maroc se trouve à des milliers de kilomètres du Pakistan, il n'a pas bougé de place. Mais nos deux pays sont très proches l'un de l'autre, coraniquement parlant. Chiites ou sunnites, où est la différence, je vous le demande ?

— Et vous me balancez ce réseau sans préavis ?

— Xactement. Sans le moindre état d'âme. Il y a eu des attentats sanglants chez vous, il y en a eu aussi chez nous. Et les bushites des États-Unis sont à l'affût. Comme vous, je n'aime pas les terroristes. Je les exècre, je les pourchasse. Ce n'est pas pour rien que j'ai été chargé d'une mission spéciale en tant que chef de la police criminelle.

— Je sais. Félicitations. Votre ministre de l'Intérieur m'en a avisé la semaine dernière. Vous coiffez la DST marocaine. Un « free lance » en quelque sorte, qui risquerait de causer pas mal de dégâts, si je ne m'abuse. Qu'attendez-vous de moi ?

— Que vous me disiez merci. Et d'une. Deux : que vous vous croisiez les bras. Je vous apporte les carottes cuites, toutes chaudes. Vous pouvez soit les laisser refroidir, soit les vendre séance tenante. À l'heure qu'il est, votre supérieur hiérarchique est en train de remuer du vent et du foin à Washington avec le dénommé Rumsfeld, si je suis bien informé. Et je le suis. J'ai profité de son absence pour vous donner un coup de main. M'est avis que vous êtes plus intelligent que lui, plus rusé. M'est avis que votre président Musharraf saura sur quel pied danser si vous lui communiquez l'essentiel de cette liste. Pas tout, bien sûr. Vous garderez des biscuits au cas où... Il n'a pas les coudées franches comme notre roi qui a succédé à son père sans aucune élection royale. Musharraf a été élu démocratiquement par le peuple, poussé en sous-main par l'armée et par vos services secrets. Vous êtes bien placé pour le savoir. Et vous n'ignorez pas qu'il est partagé en trois morceaux : le pouvoir des généraux, le pouvoir des islamistes qui siègent au parlement et allument des feux de joie dans la rue pour rigoler un peu, et la pression à toute vapeur de la coalition américano-israélo-occidentale lancée, Bible en main, contre le terrorisme international et... pour la déstabilisation du reste du monde, dont le Pakistan. Sans compter l'Inde, le casse-tête du Cachemire, et la dénucléarisation de vos missiles effectuée *ipso facto* dès que les Américains sont entrés à Bagdad. Ne parlons pas du mollah Omar et des talibans, ce serait fastidieux. Si j'étais vous, j'agirais en conséquence et prendrais la place du Président. Transmettez-lui mes compliments.

— Je n'y manquerai pas, dit Mudir Ahmat. Qu'attendez-vous de moi, personnellement ?

— Une bagnole avec chauffeur. Je ne connais pas la route et je n'ai pas de permis de conduire, en dépit de mes fonctions. Une bagnole avec de bons sièges, des amortisseurs à toute épreuve et un dispositif high tech de repérage, je veux dire de sécurité. Vous pourrez ainsi vous assurer que j'arriverai sain et sauf à Peshawar.

— Pourquoi Peshawar ?

— La CIA aurait-elle rompu les ponts avec vous par hasard ? Vous ne lisez pas le *Sunday Express* ? Il est rédigé en anglais, la langue véhiculaire d'expression et de communication.

Il titre en gros caractères qu'Oussama Ben Laden se trouverait dans les parages.

— C'est donc ça ! s'exclama Mudir Ahmat.

L'inspecteur leva les bras au ciel et lança d'une voix de tragédien :

— *To be or not to be, that is the question !* Shakespeare William était un fameux détective.

Voiture blindée, vitres fumées, portières démunies de poignées intérieures. Toutes les commandes étaient sur le tableau de bord. Le chauffeur essaya d'engager la conversation avec son passager. Ali ne desserra pas les dents — et pour cause. Recroquevillé sur la banquette arrière, il dormait paisiblement. Ses ronflements caverneux couvraient le ronronnement du moteur.

La voiture arriva sans encombre à Peshawar. L'inspecteur tenait négligemment le volant. Son ange gardien s'était arrêté un bref instant sur le bas-côté de la route pour soulager sa vessie. Et... Ce brave con aurait pu, et dû, patienter une heure ou deux, voyons !

Zone tribale du Nord-Ouest, frontière approximative entre le Pakistan et l'Afghanistan. Turbulence du ciel gris ardoise où tournoient et se pourchassent des nuages couleur sienne. Par-ci par-là, des échancrures fugaces d'un bleu éclatant. Améthyste, émeraude, rubis et safran du soleil couchant là-haut sur la montagne en dents de scie. Au pied de la montagne, une bourgade d'où ne se manifeste aucune présence, exception faite de quelques mulets qui se battent les flancs. Pas un arbre, pas un arbuste à l'horizon. Poussière poudroyant entre ciel et terre. Ombres portées des nuages sur des petites maisons ocre. La porte de l'une d'elles s'ouvre, basse. L'inspecteur Ali doit se courber pour entrer.

Un figuier au centre de la cour, lourd de fruits mûrs. Autour de l'arbre, des hommes assis, un kalachnikov entre les genoux. Les conciliabules s'estompent. S'installe le silence. Un homme se lève, très long et très mince, le visage empreint de majesté. Sa barbe en pointe lui arrive au niveau du sternum. Un turban blanc et épais est entortillé autour de sa tête à la manière des Bédouins. Ses yeux sont noirs, très beaux, très doux. Il donne l'accolade à Ali, l'embrasse sur l'épaule gauche, le bénit au nom du Seigneur. Sa voix est grave, posée.

— Et alors, Mohamed, qu'est-ce qui t'arrive ? l'apostrophe l'inspecteur.

— Cheikh Mohamed, rectifie le barbu, Cheikh Hadj Mohamed.

— Ça va pas, la tête ? Tu te prends à présent pour un marabout ?

Le cheikh se retourne, fait un geste ample en direction de l'assistance.

— Sortez, vous autres ! J'ai un mot à dire à ce mécréant. Nous nous devons de le ménager pour l'instant. Il est mon hôte.

Les hommes se mettent debout, lui embrassent la main avec respect et s'en vont. La porte se referme. Restés seuls, Ali et Mohamed se consultent du regard. Puis ils partent d'un énorme éclat de rire, tombent dans les bras l'un de l'autre, se tapotent le dos.

— Tu en fais trop, dit Ali. À Marrakech, ça pouvait passer à la rigueur. Tu jouais le rôle d'un imam de circonstance. Mais là, franchement, j'ai failli ne pas te reconnaître. Question : tu es toujours mon lieutenant ?

— Toujours, chef. Et en plus, je suis devenu hadj et cheikh. Le cheikh de la tribu d'ici. Des guerriers durs et purs, comme les Rifains de chez nous.

— Raconte, sans détour et sans graisse. Je suis pressé, très.

— Eh bien voilà : je suis allé à Riyad comme tu me l'as demandé. Échec sur toute la ligne. C'est rien que des Arabes. Ils ont du flous et des chiens de garde. De vrais chiens, des pitbulls je crois. Le désert, ils connaissent pas, les femmes non plus, l'hospitalité encore moins. La bouffe est dégueulasse. Je me demande pourquoi Allah le Tout-Puissant a révélé le Coran dans ce bled de ploucs. Mon tuyau s'est détaché du bas-ventre et les boules qui vont avec.

— Pas de commentaires, dit l'inspecteur Ali. Les faits.

— D'accord, toi ! Il y avait le pèlerinage durant mon séjour. Je me suis rendu à La Mecque. J'y ai rencontré pas mal de gens, dont ces types moitié afghans moitié pakistanais. Très intelligents, mais mal organisés. Je les ai suivis. Ils m'ont nommé cheikh de leur tribu.

— Eh bien, c'est parfait, conclut Ali. Tu vas les organiser. Ce sera ta dernière mission.

Il cueille une figue, puis deux, quatre, treize à la douzaine. Les enfourne dans sa bouche, mâche à peine. Elles sont tendres, délicieuses. Et à mesure qu'il déglutit, il égrène les mots :

— Tu n'as pas peur du danger ?

— Non, répond Mohamed. Pas même de toi.

— Même de mourir ?

— Que signifie la mort ? C'est Allah qui décide.

— Tu aimes le feu ?

— Je cours le risque.

— T'es-tu regardé dans un miroir, tel que tu es présentement ?

— Pas de miroir à des lieues à la ronde. Pourquoi tu me demandes ça ?

— Personne dans ta tribu ne t'a pris pour un autre homme ? Un homme qui ressemble-rait étrangement à celui qu'on a enterré à Marrakech, au fond d'un puits, avec du ciment et des pierres par-dessus ?

— Si. Mais ils ne me le disent pas les yeux dans les yeux. Ils me vénèrent.

L'inspecteur avale la dernière bouchée. Il dévisage Mohamed. Il dit :

— Continue de jouer ton rôle. Accentue-le à s'y méprendre. Les Américains te recherchent, eux et leurs alliés. S'ils t'attrapent, tu n'échapperas pas à ton destin.

— On ne naît qu'une fois et on ne meurt qu'une seule fois. *Allah akbar !*

— Amen ! dit Ali. J'ai transféré un milliard d'euros sur ton compte, de quoi épuiser la meute jusqu'à son propre hallali.

— Ce que je vais m'amuser, nom d'Allah ! s'écria le cheikh Mohamed.

L'inspecteur renonça à se rendre à Djakarta. Pour plusieurs raisons concomitantes : il n'aimait pas le riz, surtout accommodé au curry beurk ! ; le voyage était trop long et il ne pourrait pas fumer dans l'avion, eu égard à la morale américaine qui se préoccupait de la santé mondiale ; les récents attentats meurtriers à Bali risquaient fort de susciter des répliques, à l'instar des tremblements de terre ; le général Xumarto, chef du Service de liaison et de coordination inter-armées, était trop curieux, trop retors. Ali avait traité certaines affaires avec lui. Le regardant et l'écoutant, il avait eu l'impression de se trouver devant un mur, tapissé et retapissé de papiers peints, les uns par-dessus les autres au gré des variations atmosphériques et des sautes de vent de l'Histoire, de Suharto à la présidente Megawati Sukarnoputi, en passant par le Timor-Occidental et la Jamaïya Islamiya — de telle sorte que le mur humain ne présentait à chaque fois que sa dernière facette, ni chair ni poisson, ni briques ni moellons. Mais il y avait le Plan qu'avait conçu Ali et il fallait en implanter une ramification en Indonésie. Une cellule « antiterroriste » — et comprenne qui pourra !

Devant ce cas de figure, il se fia à son bon sens : il joua à pile et face. Il prit une pièce de monnaie, dit « Pile », et la lança en l'air. Elle retomba du côté pile. Il savait qu'il trichait. Il dit : « Allons bon ! » Un coup de dés abolirait peut-être le hasard ? Il partit pour Paris, via Damas. Son passeport diplomatique et sa carte de police lui facilitèrent les formalités et les contrôles psychotiques des douanes et du transit. Il avait un faciès d'Arabe, mais c'était un flic. Un collègue lui serra la main à Roissy-Charles-de-Gaulle. Il en fut ému. La France égalisait encore, fraternisait, libertisait... Les mots manquaient à l'inspecteur Ali.

Il n'utilisa pas son portable. L'identification eût été presque immédiate. La témérité lui avait permis de résoudre des énigmes ardues ; la folie se soignait dans un asile. Il s'isola dans une cabine publique, composa le numéro confidentiel du général Xumarto, se fit reconnaître par son correspondant et s'enquit tout de go des dernières nouvelles concernant les murs de son bureau. « Ah ! des tentures !... c'est judicieux. On peut les décrocher, les envoyer à la teinturerie, les remplacer par d'autres, le cas échéant. » Et sans transition aucune, il lui demanda s'il avait un bloc de papier et un stylo ou un crayon à portée de main. Posément, il lui dicta les noms et les coordonnées du réseau dormant d'Al-Quaïda en Indonésie. *La liste était aussi authentique que celle qu'il avait remise par écrit au chef adjoint du service de renseignement pakistanais.* Seuls différaient les noms. Et dans les deux cas, les noms étaient bien ceux de terroristes en chair et en os. « En échange, conclut-il, adressez-moi un colis de riz au curry par la valise diplomatique. C'est mon plat préféré. Je n'en ai jamais mangé. Salut ! À plus... »

Le superintendant Henry Westlake ouvrit toutes grandes les portes de la salle de conférences où se réunissaient en cellule de crise les gros pontes de Scotland Yard et les gentlemen de l'establishment.

— Après vous, inspecteur, je vous prie.

L'inspecteur Ali dit « Non » et rebroussa chemin.

— Je préfère votre bureau, sir Henry. Je le connais et il me connaît depuis le siècle dernier. Il sent les vieux meubles, le tabac refroidi, la cire d'abeille, les traditions du passé. Ça me rappelle Eton, le collège où je n'ai pas fait mes études. Allons-y de ce pas.

— Je crois qu'il est trop petit pour nous accueillir tous à la fois, fit remarquer Westlake. Nous sommes plusieurs.

— Onze exactement, précisa Ali. J'ai compté. Il y a trois fauteuils dans votre cagibi. Trois d'entre nous seront assis. Qu'on apporte des chaises pour les autres ou qu'ils restent debout ! Où est le problème ?

Il longea le couloir, poussa une porte et entra dans le bureau du superintendant. La première chose qu'il fit, ce fut de décrocher le téléphone à cadran et de composer un numéro à toute vitesse.

— Auriez-vous l'obligeance d'attendre quelques instants ? demanda sir Henry.

— Je ne peux pas attendre, c'est personnel... Allô ! chérie de mon âme... Quel gynéco ? Tu as parlé à ton ventre ? Qu'est-ce qu'il t'a dit ? Cette nuit ou demain matin au plus tard ? J'arrive.

Il raccrocha et se tourna vers le patron de Scotland Yard. Son visage était épanoui comme un lever de soleil.

— Sophia vous embrasse affectueusement, sir Henry. Dans quelques heures, je vais être père pour la première fois de ma vie.

— Félicitations ! dit sir Henry dont les joues avaient soudain rosi.

— Je vous invite. Ce sera une fête à tout casser... Tiens ! bonjour, Mr Hamilton. Je n'avais pas remarqué votre présence, excusez-moi. Mêler la vie privée et les enquêtes professionnelles, ça donne un certain vertige. À propos, le MI 5 se porte bien ?... Ça y est ? tout le monde est en place ?

Les trois fauteuils étaient occupés : le premier par l'inspecteur Ali en personne ; le second par le superintendant, derrière son bureau ; le troisième par un technicien coiffé de son casque d'écoute. Il avait installé un Nagra sur le coin de la table, en surveillait les cadrans de contrôle. Mais où pouvaient bien se trouver à cette heure les autres participants ? Ali apercevait de temps à autre un bloc sténo et un crayon taillé avec soin. Mais où était le sténographe ? Et où les costumes trois-pièces de couleur sombre coiffés de chapeaux melons qui se pressaient tout à l'heure devant la salle de conférences, avec leurs maroquins et leurs parapluies ? Il n'y avait même pas de murmures. La fenêtre était ouverte, la porte aussi. Sir Henry Westlake expliqua le plus logiquement du monde pourquoi elles n'étaient pas fermées.

— Messieurs, dit-il, nous sommes réunis ici pour écouter l'inspecteur Ali, chef de la police criminelle marocaine. Si l'un d'entre vous est allergique au tabac, qu'il veuille bien sortir dans le couloir. Le genre de tabac dont notre ami fait un usage immodéré dégage une odeur de corde brûlée. Il en a besoin pour parler. C'est sa culture. Notre culture à nous nécessite un courant d'air.

Quelqu'un toussota discrètement. Quelqu'un réprima un soupçon de rire. Ali plaça un joint en équilibre sur son oreille droite, un deuxième derrière l'oreille gauche. Le troisième, il l'alluma. Sans tourner la tête, il s'adressa au preneur de son.

— Quel est le minutage de votre bobineau, chef ?

— Soixante minutes, monsieur.

— C'est plus que suffisant. Vous pouvez commencer à bourrer votre pipe, sir Henry.

— Tout à l'heure, dit Westlake. Mettons-nous d'accord, voulez-vous ? Votre communication va être enregistrée par le lieutenant Williams. Miss Peggy McLeland la transcrira mot à mot au fur et à mesure. Une fois terminée, vous la lirez et vous l'écouterez. Elle sera ensuite dactylographiée avec le plus grand soin. Vous la parapherez et vous la signerez. Pas d'objection, inspecteur ?

— Aucune, répondit Ali. Je suis venu de

mon plein gré, afin d'éclairer la lanterne de Scotland Yard, du MI 5 et des gentlemen du Foreign Office et de Downing Street dont je suspecte la présence parmi nous. J'en suis même certain. Ils sont généralement bien informés, surinformés, c'est-à-dire qu'ils pataugent dans le yaourt et font du surplacisme. S'ils n'étaient pas dépassés par leurs cogitations et leurs propres renseignements dignes de foi, ils ne se seraient pas déplacés. Et nous n'aurions été que deux dans ce bureau, rien que vous et moi, en train de siroter ce single malt que vous cachez dans un tiroir. Le whisky m'aiderait dans la confession que je vais faire.

— Tout à l'heure, répéta le superintendant. Nous boirons à la santé de votre futur héritier ou de votre future héritière.

— Je vous remercie, sir Henry. Je disais donc que je n'ai aucune objection à formuler. Je vais vider mon sac. Mais à une seule condition, *sine qua non* : je ne révélerai pas la source de mes informations. Point à la ligne. Je ne suis pas un journaliste de la BBC, comme cet Andrew Giligan qui a ouvert sa grande gueule professionnelle, à la suite de quoi ce pauvre David Kelly a mis fin à ses jours, va savoir pourquoi ! Mais ceci est une autre histoire, comme disait votre compatriote Kipling Rudyard. À propos, m'est avis que je pourrais débroussailler cette ténébreuse affaire avant de sortir d'ici. La cerise sur le gâteau, en quelque sorte.

Westlake ne releva pas l'allusion. Il alluma sa pipe. Il dit au technicien et à la sténographe :

— Je vous prie instamment de tout noter et tout enregistrer, y compris les digressions, les blagues douteuses, les remarques incongrues, et même les termes ou les expressions qui vous sembleront choquants de prime abord. Et que personne ne l'interrompe ou lui pose la moindre question. S'il vous plaît. Laissez-le s'exprimer librement. À vous, inspecteur.

Ali déposa sur le bureau une grosse enveloppe en papier kraft.

— N'y touchez pas pour l'instant, sir Henry. Attendez le whisky. J'espère que la bouteille n'est pas morte à l'heure actuelle, je veux dire vide.

Il repéra l'emplacement du cendrier, écrasa

son mégot, alluma une deuxième cigarette, ferma les yeux et commença son récit droit au but.

— Il s'agit d'Oussama Ben Laden, Usama Bin Laden selon votre sémantique anglosaxonne. J'avais fait sa connaissance à Khartoum, Soudan, voici sept ans deux mois et quatre jours, si je sais encore compter sur mes doigts. Un collègue du FBI, natif de Casablanca comme moi, faisait une enquête sur la CIA qui manipulait ce Bin Laden — et sur les tréfonds d'une compagnie pétrolière dont étaient actionnaires le susdit et George Walker Bush, l'actuel locataire de la Maison-Blanche. La compagnie en question a fait plouf par la suite, comme vous le savez sans doute. Mais passons, abrégeons ! J'ai donné un coup de main à mon copain du FBI. Il est rentré aux USA et y a perdu la vie dans un accident de voiture, du côté de Langley. Il a perdu également le dossier qu'il avait constitué en arabe et traduit en anglais : il était bilingue. Je ne mentionnerai pas son nom, cela va de soi. J'avais donc rencontré Bin Laden, logé chez lui, bavardé avec lui trois jours et deux nuits durant, de tout et de rien, de l'immobilier surtout, mais en aucune façon de l'islam, même par la tangente. Bref, j'ai retrouvé ce Bin Laden il y a trois semaines, à Marrakech. Retrouvé à l'état de cadavre. Je l'ai identifié. Je suis flic, c'est mon métier. En présence de mes contemporains de sexe masculin, ma mémoire est photographique. En compagnie des dames, elle serait plutôt pornographique. C'est du moins ce que prétendent les mauvaises langues... Votre rire est charmant, Miss Peggy McLaland. J'espère que vous l'avez pris en sténo en même temps que mes paroles... Je disais donc que j'ai formellement identifié le défunt. Et donc, on m'a demandé en haut lieu, demandé tacitement, d'enterrer l'affaire. Je l'ai enterrée, au propre et au figuré. Le Maroc n'est pas l'Irak. C'est un pays modéré, serein, touristique. Les devises y sont les bienvenues. La vitrine doit être alléchante, telle une carte postale ; la politique absente, la religion sous le boisseau. Mais je suis un bourricot marocain. Vous me connaissez, sir Henry. J'ai mené une contre-enquête. La voici...

L'inspecteur Ali éprouvait le plus profond respect pour le superintendant Westlake. Il admirait sa pondération, sa probité, sa bonté d'âme enfouie sous les convenances, son sens de l'honneur, son intégrité professionnelle sans compromissions et sans aléas. C'est pourquoi il lui raconta tout, l'exacte vérité. À un détail près, un petit détail anodin : il employa la méthode du parfait menteur — une once de mensonge dans une tonne de vérité. Et cette once-là changeait radicalement les données du problème. Indicible, elle rétablissait l'échelle des valeurs dans le bon sens : le haut en bas et le bas en haut. Inadéquation d'une langue à l'autre ? Probablement. Ali pensait en arabe et s'exprimait en anglais. L'eau de la Tamise s'écoulait dans le Channel, rejoignait celle de l'Atlantique sur les côtes marocaines ; en cours de chemin elle subissait l'influence des vagues. Cela dit, l'inspecteur fut d'une franchise absolue dans sa relation des faits. Il fournit des détails précis, authentiques : la remontée aux sources d'Al-Qaïda, ses pérégrinations à Islamabad, Zurich, Peshawar et ailleurs ; les noms et les coordonnées des cellules dormantes. La nébuleuse islamiste était décapitée, l'Occident n'avait plus rien à craindre du terrorisme, foi d'Ali. La Grande-Bretagne en premier lieu.

Il rouvrit les yeux et resta bouche bée. La fumée était si épaisse qu'il pouvait à peine distinguer le cendrier. Dans le cendrier, il y avait trois mégots et la pipe éteinte de Westlake.

— C'est votre pipe, sir Henry, conclut-il, péremptoire. Je ne sais pas ce que vous mettez dedans. Le tabac nuit gravement à votre santé et à celle de votre entourage.

Le superintendant ne broncha pas. Il fit mine d'examiner l'objet du délit. Puis il dit :

— Votre exposé est très clair, inspecteur. Très convaincant. Je suis disposé à vous croire sur parole. Auriez-vous par hasard des preuves matérielles ?

— Elles sont là, devant vous, répondit Ali. Dans cette enveloppe. Elle contient des documents irréfutables : les empreintes digitales d'Usama Bin Laden, les photographies de sa dépouille sous toutes les coutures, en noir et blanc et en couleurs, les clichés radiographiques de sa denture, des échantillons de ses cheveux, de sa barbe et de ses ongles pour les tests ADN, la liste complète de sa nébuleuse de par le vaste monde, et... et les chiffres confidentiels de son compte bancaire en Suisse. Vous y trouverez également certains papiers gênants à transmettre ou à ne pas transmettre au président Bush. Il n'a pas daigné me répondre, je me demande pourquoi. Ses services consulaires m'ont poliment refusé un visa d'entrée aux États-Unis, en dépit de ma carte de police et de mon passeport diplomatique. Étrange, n'est-ce pas ? Une petite précision pour terminer : pas la peine de mobiliser une machine à écrire et une dactylo. J'ai tapé le rapport en double exemplaire, dix feuillets que j'ai paraphés et signés de ma main que voilà. Il est dans cette enveloppe, prenez-en connaissance avec vos collègues. Je l'ai appris par cœur avant de venir vous voir. (Il consulta sa montre-bracelet et courut vers la porte.) Bon Dieu ! J'ai juste le temps de sauter dans un taxi.

Sir Henry Westlake s'était levé, l'avait rejoint dans le couloir. Il dit :

— Une voiture de service va vous conduire à l'aéroport. Puis-je vous remercier ?

— De quoi ? J'ai fait mon boulot. Vous n'allez tout de même pas me décorer de l'ordre de la Jarretière ? Tirez-moi d'un doute : nous étions bien onze personnes dans votre bureau, n'est-ce pas ?

— Pardon ?

— Moi, ça ne compte pas. Vous, ça ne compte pas. Je connais plus ou moins Mr Hamilton, Squire. Je l'ai pratiqué pour ainsi dire il y a quelques années, lors d'une enquête au Royaume-Uni. Il m'a rendu service. Lui non plus, il ne compte pas.

— Où voulez-vous en venir ?

— À pas grand-chose, sir Henry. Onze moins trois, reste huit. Parmi ces huit personnages, il y a une taupe.

— Qu'est-ce que vous dites ?

— Lisez mon rapport entre les lignes. Je vais vous mettre sur la voie. Un scientifique d'Edinburgh s'est longuement interrogé sur les rôles respectifs de la cuiller et du sucre dans une tasse de thé. Après des années d'expériences et d'observations, il est arrivé à cette conclusion logique : la cuiller sert à mettre le sucre dans le thé et le sucre permet de savoir si on l'a assez remué. Fichue mémoire que la mienne ! Qui remuait une petite cuiller ou un bidule de ce genre pendant que je remuais ma langue ?... Ne vous précipitez pas sur votre pipe. Je m'inquiète pour votre santé. *Bye !* Mon fils m'attend depuis neuf mois. *Bye !*

10

Ali

J'avais accompagné Ali à la clinique et l'attendais au bout du couloir, assis sur un banc. Il était entré dans une chambre d'un pas alerte. Quelques instants plus tard, il en ressortait au pas de course. Une infirmière en blouse blanche essayait de le rattraper, essayait de le raisonner avec des paroles apaisantes, entrecoupées d'invectives. Elle a rebroussé chemin, à bout d'arguments et de souffle. Je l'ai reconnue. C'était Hind. Ali l'avait engagée, au début de l'enquête, pour veiller sur sa femme. Je lui ai demandé ce qui venait de se passer. Voici à peu près ce qu'elle m'a raconté, les invocations à Allah et les gesticulations en moins :

— Mon fils ! J'ai toujours dit que ce serait un garçon. Et le voilà enfin ! Mon fils ! Il est beau, fort, valeureux.

Précédé par une tempête de joie qui couvrait presque la tempête de l'Océan tout proche, il avait surgi au moment le moins opportun : la sage-femme était en train de poser le nouveau-né sur le ventre de sa mère, relié encore à elle par le cordon ombilical. L'obstétricien avait fait ses études de médecine à Bordeaux. Il a dit poliment :

— C'est une fille. Veuillez baisser la voix, s'il vous plaît.

Une seconde ou deux, Ali a paru figé. Puis il a éclaté de rire et a repris de plus belle :

— Une fille ? J'ai toujours su que ce serait une fille, mais vous ne vouliez pas me croire. Elle est belle, magnifique, merveilleuse. Elle me ressemble trait pour trait.

La sage-femme s'est tournée vers lui, les yeux furibonds. Elle a agité la main comme si elle allait le frapper. Elle était gantée de blanc. Les gants étaient tout rouges. Elle a dit :

— Ferme ta gueule, sinon je ne réponds plus de rien. Ta fille vient à peine de naître, tu ne la mérites pas. Tu ne l'entends pas vagir ? Elle a peur de toi.

Au lieu de se calmer, sinon de se taire, Ali a répliqué du tac au tac :

— Peur de moi ? Moi, je fais peur aux enfants ? Qu'est-ce que tu racontes ? Elle pleure parce qu'elle a faim. Je lui ai préparé un biberon. Il est là, dans ma sacoche. Du lait de chèvre.

— Sortez d'ici, a dit l'obstétricien. Le travail n'est pas encore terminé.

— Comment ça, pas terminé ?

La sage-femme l'a empoigné à bras-le-corps, l'a poussé vers la porte sans ménagement, disant :

— Le placenta n'est pas encore expulsé, espèce de blédard du bled. Tu veux que ta femme meure en couches ?

— Non.

— Alors, dehors ! *fissa* !

J'ai écouté Hind. J'étais intrigué. Je lui ai demandé :

— Il a embrassé Sophia, j'imagine ?

— Non. Il lui a jeté un coup d'œil. Tu vas bien ? Ça s'est bien passé, à ce que je vois ? Tu rentres quand à la maison avec le bébé ? J'ai organisé une petite fête. La pauvre maîtresse n'a su que répondre. Elle haletait. Son visage était couvert de sueur. Je lui ai donné à boire. Elle avait une soif d'incendie. Il faut que je retourne à son chevet. Ali est un homme, comme toi. Il ne peut pas tout savoir, tu comprends, monsieur ?

J'ai compris. J'étais vaguement inquiet. Ali aurait-il échoué dans sa contre-enquête ? Que subsistait-il de sa passion dévorante pour Sophia ? Je suis descendu au rez-de-chaussée. Il était dans le bureau de la direction, réclamait la restitution de sa femme et de sa fille dans les vingt-quatre heures, à domicile. C'était sa femme, c'était sa fille. L'une et l'autre se portaient à merveille. Froidement, avec sa voix de flic, il menaçait de fermer la clinique *ad aeternam*, cette baraque où l'on gardait les femmes malgré elles comme dans une prison. Vu ?

Mon inquiétude s'est transformée soudain en certitude.

Le surlendemain, il la soulevait délicatement, la portait dans ses bras comme une jeune mariée, traversait le patio à petits pas, l'installait dans le salon, calait trois coussins derrière son dos, la coiffait d'une couronne de jasmin, s'agenouillait, lui embrassait les mains, les genoux, le ventre, notre fille te ressemble comme deux gouttes de rosée je suis fier de toi je t'aime plus qu'au premier jour merci d'exister tu es ma joie ma foi ma patrie ma demeure patiente avec ton âme dans quelques jours nous allons nous mélanger de nouveau... Quand il se releva, son visage était inondé de larmes.

Il se releva et se planta sur le seuil. Il lança d'une voix de stentor :

— Que la fête commence !

Ce fut aussitôt le temps éclaté, l'espace élargi par-delà les quatre horizons, le champ sonore amplifié par les youyous à l'unisson, les pétards zébrant le ciel, les claquettes des Gnawas, les résonances profondes des tambours de l'Atlas, les aigus des fifres et des cymbales, le battement des paumes, les chants et les danses, le concert discontinu des klaxons dans les rues avoisinantes. Ce fut la ruée humaine, femmes, hommes, enfants. Je ne sais pas si Ali avait invité tout le quartier — ou si les passants, les badauds, les dockers du port, les gueux des bas-fonds avaient accouru en masse et s'étaient invités d'eux-mêmes sans plus de cérémonie. Le patio était archicomble, le jardin également, la terrasse. J'étais présent, moi aussi. Mais où ? Je sentais à pleines narines le fumet d'un méchoui, mais où diable était-il en train de rôtir ? S'élevaient les arômes de la cannelle et de l'anis pilés ensemble dans un mortier puis grillés avec la semoule du légendaire *sellou*, ce dessert énergisant que l'on réservait aux accouchées pour la montée du lait dans leurs seins. Je vis la main d'Ali en happer une poignée, au passage du plat acheminé de femme en femme jusqu'au salon. Je vis surgir le ministre de l'Intérieur, protégé par un service d'ordre et peut-être par son ange gardien. Il réclama un peu de silence pour placer un petit discours de circonstance, mais qui donc l'entendit ou lui prêta la moindre attention ? Il se contenta de passer le cordon du Ouissam alaouite autour du cou d'Ali, en récompense de vos bons et loyaux services. Et regagna son automobile, apparemment sain et sauf. Les offrandes affluaient de toutes parts : des paniers d'œufs, des pains de sucre, des gâteaux au miel, un caftan de grand-mère, des babouches brodées, des petits tapis de prière, des châles, une jarre de miel, une autre de lait, une *monika* (poupée de chiffon faite maison, plus expressive qu'une Barbie), des régimes de dattes, des oranges par cageots, des fleurs par brassées et même un mouton, vivant et affolé. On déposait ces dons aux pieds de Sophia en lui souhaitant un prompt rétablissement et le meilleur bonheur du monde. Vive, le feu aux joues et le regard alerte, Hind les triait, les répartissait dans telle ou telle pièce, aidée par les mammas de la médina. J'ignore ce qu'est devenu le ruminant. Quelqu'un eut une inspiration subite : il entonna le refrain de la chanson populaire par excellence, *Dour biha a-chibani dour biha*. Ce fut du délire, au sens physique du terme. Le plus déchaîné de tous, c'était Ali. Infatigable, irrépressible, il dansait tantôt avec l'un, tantôt avec l'autre, chantait à tue-tête, allait de groupe en groupe, les animait, les attisait. À un certain moment, il s'arrêta près de moi et me dit, le souffle court :

— Tiens ! Te voilà, toi ? Qu'est-ce que tu as ? Tu ne m'as pas l'air dans ton assiette.

Je n'ai pas rétabli ses mots dans le bon sens. C'était la fête, sa fête. Il y était mentalement absent.

— Je ne te dérange pas, j'espère ? Je ne fais que passer.

Il est venu me voir un soir à l'improviste. Est entré dans mon bureau, sans frapper. A pris un siège couvert de revues et de journaux. *La chair est triste, hélas ! et j'ai lu tous les livres. Fuir, là-bas, fuir...* J'ai refermé le recueil de poèmes de Stéphane Mallarmé, mon poète préféré. Le carillon Westminster tissait le temps. Son tic-tac était doux, paisible.

— Tu es mon ami, mon seul ami. Tu es mon aîné, mon biographe à l'occasion. J'ai besoin de te parler.

Il avait l'air fatigué, épuisé, tel un homme qui aurait oublié depuis longtemps de dormir. Il a parlé pendant des heures. Il n'a pas fumé, pas même une cigarette normale. La demie a sonné. Puis douze coups, minuit. Ses phrases sont hachées, le débit très lent, les mots épelés parfois. Il parle les yeux clos. Sur son visage passent des ombres, des inquiétudes, des expressions de douleur. Quelque chose le brûle de l'intérieur, une réalité cinglante. Dans le creux des silences, il y a une tourmente qui hurle.

ALI : Je ne sais plus qui je suis ou ce que je suis. J'ai perdu mes repères, par la faute d'un homme du nom d'Oussama Ben Laden. Comme moi, tu as suivi les événements, tu as suivi l'enquête. Et nous voici face à face. Qui es-tu ? Qu'es-tu ? Le sais-tu vraiment ? Tu es écrivain, c'est ton métier. Il m'est arrivé de lire quelques-uns de tes bouquins, pour oublier les rapports de police que je tape à longueur d'année. Ils ne sont pas publiés. (*Rire sec, suivi d'une toux sèche.*) Mes rapports de police ne sont pas beaux. Ils sont sordides, la nature humaine est sordide. Toi, tu romances, tu ajoutes de la poésie aux faits concrets. Tu rêves, je ne rêve pas. Tu m'as dit un jour que l'écriture te permet d'aller de l'avant. Le flic que je suis te demande : pour aller où ? J'ai résolu des énigmes qui ne me concernaient en rien. As-tu résolu ta propre énigme ? (*Pause.*) Et moi, ai-je résolu la mienne ? J'aurais pu, j'aurais dû le faire. Mais je ne l'ai pas fait. Pourquoi ? (*Voix basse, contenue et d'autant plus véhémente :*) Pourquoi je suis flic ? Au terme d'une longue carrière, je me trouve bloqué dans mon job et dans ma vie intime et personnelle. C'est ce satané Ben Laden qui a bouleversé les bases et les fondements de mon existence. (*Longue pause durant laquelle, les yeux toujours fermés, il a tiré de sa poche un joint. Il ne l'a pas allumé. Il l'a posé lentement, comme à regret, sur un coin de mon bureau.*) Je me suis démené, j'ai berné tout le monde, j'ai tous les éléments en main, j'ai usé de tous les artifices imaginables, j'ai parcouru des milliers de kilomètres... pour revenir à mon point de départ. C'est la faute à ce vieux Ben Laden de malheur. Il est mort et enterré. Mais il vit toujours en moi. Il fait appel à mon passé. À notre passé à nous tous. Nous sommes plus d'un milliard de musulmans aux quatre coins du monde. Le problème est en moi, dans la moelle de mes os. Et je suis incapable de le résoudre. (*Silence ponctué par le tic-tac du balancier. Raclements de gorge. Nouveau silence.*) Tu es mon aîné, tu es né quarante ans avant moi, ta tête est beaucoup plus remplie que la mienne de choses vécues. Tu vis en Europe. Tu connais l'Occident, alors que je n'en ai qu'un aperçu policier. Tu dis qu'il n'y a qu'un seul monde, une seule humanité. Je suis d'accord avec toi. Mais pourquoi donc es-tu parti un jour ? Pourquoi t'es-tu exilé ? Exilé vis-à-vis

243

de toi-même ? (*Une chaise a heurté le plancher,* *repoussée violemment : la mienne. Quelqu'un s'est* *dressé debout : moi. J'ai remis la chaise en place. Je* *me suis rassis*.) L'imaginaire est plus vaste que le sensible. Je le sais d'expérience, par mon métier de flic. Tu le sais aussi, par les idées et par les mots. Tu t'interroges et tu poses des questions à tes lecteurs, ici ou là. Mais tu ne poses pas des questions aux questions ! Que je te rappelle un épisode particulièrement cuisant de ta vie... Reste assis, s'il te plaît ! Ne cherche pas une bouteille de whisky pour te calmer. Il faut que je te parle et que tu te parles... Et donc, après des années d'absence, tu es revenu dans ton pays natal. Tu as été reçu avec faste et honneur. Surtout par ta famille ou ce qui te tient lieu de famille. S'il te plaît, regarde la réalité en face ! S'il te plaît ! Ne continue pas à l'occulter, ne l'enfouis pas au fond de ta mémoire... Si tu veux que je ferme ma grande gueule, voici mon arme de service. Elle est chargée. Prends-la et tue-moi... Tu ne bouges pas ? Tu as ouvert la porte pour me laisser entrer dans ta conscience et dans ta souffrance ? Parfait ! Je suis fier de toi... Et donc, ton frère Hadj Madini t'a engueulé de belle manière, le Coran en main et le passé en sous-main. Il t'a dit : « Pourquoi irais-tu à l'hôtel ? Ça coûte cher. Tu es ici chez toi, c'est ta maison, nourri, logé, blanchi, je suis ton frère, même père même mère même sang. Tu resteras chez moi aussi longtemps que tu voudras. » Tu es resté un mois. Un mois et un jour, plus exactement : ton frère avait compté sur un carnet d'épicier. Et il t'a présenté la note : 400 dirhams par jour. (*Quelqu'un est en train de pleurer, sans larmes et sans bruit.*) Ne pleure pas, mon vieux ! Ça ne sert à rien. Fume plutôt le joint que j'ai posé sur ton bureau. C'est du kif de Ketama, ça apaise l'âme. (*Reniflements. Bruit ténu d'un briquet que l'on actionne maladroitement. Souffle d'une bouffée inspirée, puis expirée. Rouages du carillon qui semble se réveiller. Il sonne un coup, une heure du matin.*) Tu as casqué et tu as fui, la queue entre les jambes. Moi, j'aurais cassé la gueule à cet Arabe, mais je n'étais pas avec toi, malheureusement. Ne parlons pas de l'héritage que t'avait laissé ton père en quittant la vie voilà cinquante ans. Ta famille t'en a dépossédé. Tu étais loin, tu ne t'en es pas occupé. Tu étais persuadé que l'honneur des temps anciens subsisterait envers et contre tout. Pendant des années et des années, tu as magnifié le passé. Mais nous n'aurons jamais d'autre avenir que ce passé-là. Et en plus, il est biseauté, pipé, creux de mots creux. Tu es revenu souvent au pays. Et à chaque fois, tu n'avais qu'une seule idée en tête : foutre le camp au plus vite. En entrant tout à l'heure dans ce bureau, j'ai lu à l'envers un vers ou deux du recueil que tu as refermé vite fait. *Fuir, là-bas fuir. Je sens que des oiseaux sont ivres...* Stéphane Mallarmé, un grand poète français. Il est mort d'ailleurs. (*Pause.*) Comme nous tous. Mais nous, nous sommes morts depuis des siècles, parce que nous sommes veules. Sans foi ni loi, ni parole donnée et tenue. Il ne s'agit pas seulement du Maroc, mais du monde arabo-musulman dans son ensemble. Un milliard de frères, de l'océan Atlantique à l'océan Indien — des frères en paroles, c'est-à-dire du gosier aux lèvres, mais jamais parties du cœur humain. Je connais la musique, je suis un enfant de la rue et je travaille dans la rue. Les illusions ont la vie dure, les mirages, l'amour intéressé du prochain. À commencer par Dieu. Je ne sais pas comment il s'appelle, Jéhovah, Notre Père qui est aux cieux ou Allah. Je ne sais pas s'il existe réellement. S'il existe, m'est avis qu'il ressemble un peu à mon dos : je ne peux pas le voir, même dans un miroir. Et dans ce cas, j'attraperais un torticolis à force de me contorsionner. (*Voix de flic :*) C'est cela qu'on appelle la religion. Des contorsions. Je blasphème ? Que signifie le mot « blasphémer » ? Que signifie le mot « croire » ? Le doute est salutaire dans nos certitudes, nos vieilles certitudes venues du passé. C'est pour cela que tu écris. C'est pour cela que je suis flic, un flic à la redresse. Heureusement que je ne suis pas catholique. Il y a trop de mystères, je ne peux pas les résoudre, personne ne les a jamais résolus. Dieu me fiche la paix et je lui fiche la paix. Si j'avais un problème avec lui, j'irais le voir sur-le-champ pour lui présenter un tas de dossiers et lui demander des comptes, une sorte d'interrogatoire de police dans l'au-delà, mon propre Jugement dernier. (*Très longue pause. J'ai cru qu'il s'était assoupi. Si le carillon a sonné, je ne l'ai pas entendu.*) Nos chefs d'État se réunissent de temps à autre en frères, Ligue arabe, OPEP, Conférence islamique. Il en ressort quoi ? concrètement ? Des vœux pieux, des décisions verbeuses, autant dire du vent. Pendant ce temps, des Palestiniens meurent par dizaines, des innocents meurent en Israël, les bombes pleuvent telle cette manne dont parle l'Ancien Testament, des êtres vivants se transforment en bombes incendiaires pour une idée, des maisons sont rasées, des villages rasés, tous les Livres saints prêchent la violence, le silence des intellectuels est à couper au couteau... et je ne parle pas de la Tchétchénie, du Cachemire, des génocides au Ruanda, au Congo, en Afrique du Sud, au Sierra Leone, au Libéria, au Gabon et jusqu'en Haïti : c'est devenu banal, normal, c'est devenu notre quotidien. Je suis révolté, *révolté*, RÉVOLTÉ, et d'abord par ce qui se passe dans notre pays : des chômeurs diplômés ou l'inverse, le désir irrésistible de fuir, le peuple qui courbe le dos et tend ses mains ouvertes en direction d'Allah, attendant qu'il veuille bien déverser un peu de sa pluie pour étancher la soif de la terre, et un peu de sa baraka pour étancher la soif atroce des cœurs et des âmes. C'est dur ce que je dis ? Je te demande : aurais-tu été content de voir ton père ou ta mère mendier un bout de pain à la sortie des mosquées, devant des banques gardées par des vigiles, à la terrasse d'un café ? Hein ? Les mendiants sont légion. Et ceux qui les gouvernent le font au nom d'Allah (*Souffle asthmatique. Toux grasse.*) D'accord ! Mohamed est le dernier prophète en date, la chose est entendue, d'accord avec le consensus ! Mais il y en a eu d'autres, de prophètes, par la suite. C'est ce qu'ils ont prétendu et on les a crus. Je cite dans le désordre : Nasser qui a renversé le roi Farouk, a pendu les Frères musulmans puis s'est retourné contre les communistes ; le petit roi Hussein qui a bradé la Cisjordanie pour se débarrasser des Palestiniens et sauvegarder son trône hachémite ; Mohamed V qui n'a pas fait grand-chose de son vivant sinon d'aller en taule, il est devenu un héros puisque les croyants l'ont vu dans la lune alors qu'il était en exil à Madagascar ; Hassan II qui s'est proclamé Prince des croyants, a envoyé l'armée s'ensabler au Sahara occidental parce qu'elle avait failli le renverser à trois reprises, et les opposants il les a encagés dans les geôles de Tazmamart de sinistre mémoire, mais il est mort et on lui a construit un beau mausolée pour touristes, on y prie jour et nuit pour le salut de son âme ; Khadafi et son petit livre vert pour faire pièce au petit livre rouge de Mao, il a fini par baisser culotte devant les Américains ; Khomeiny et sa révolution islamique, je lui avais rendu visite à Neaufle-le-Château, France, il a fait naître une espérance gigantesque à la mesure de l'appétit de croire qui tournait à vide, et il a montré *manu militari* son islam, il se faisait appeler l'ayatollah, c'est-à-dire « le signe de Dieu », rien de moins ; Soekarno et sa conférence de Bandung qui a fait chou blanc faute de cohésion, les divergences d'idées en plus ; Senghor qui vivait la moitié de sa présidence en France avec sa négritude et sa poésie à la noix, je l'ai vu un jour agenouillé devant Hassan II, quémandant une villa ; N'Kruma, Mugabe, Lumumba, Arap Moi, Nelson Mandela couronné prix Nobel ; Jean-Bertrand Aristide à Haïti, prêtre défroqué afin d'être au niveau des miséreux des bidonvilles haïtiens... Tous ou presque ont quitté la vie et sont entrés au paradis selon la croyance populaire — et dans le mausolée de l'histoire, l'Histoire avec une grande hache. Et je ne cite pas les Amin

Dada, les Bokassa, les Mobutu qui ont fait rigoler les Occidentaux dans leur opulence et leur orgueil d'hommes blancs. Ils vivent dans des pays dé-mo-cra-ti-ques ! Ils nous octroient des dons, de l'aide humanitaire, des conseils judicieux ou tout comme, Fonds monétaire international, Banque mondiale. Ils nous envoient des coopérants, forment nos universitaires, exploitent nos ressources naturelles, exportent leurs produits. Au lieu de profiter de leur expérience séculaire, au lieu de les remercier, nous les accusons de tous nos maux. Nous les chargeons de toutes les plaies de la planète. Nous nous abstenons soigneusement d'accomplir le seul devoir qui s'impose à nous depuis notre indépendance : balayer devant notre porte. Allah pourvoit à la nourriture des corbeaux que nous sommes, point final. (*Pause. La voix d'Ali a enflé en prononçant ces dernières phrases granitiques. Elle s'apaise, s'estompe. Elle n'est plus qu'un murmure.*) Et puis a surgi ce Oussama Ben Laden de malheur. Il m'a remué, je l'avoue. Insidieusement, il s'est substitué à mon père que j'ai vu mourir, j'avais huit ou neuf ans quand il a trébuché sur une marche de cet escalier pourri du four public où il cuisait le pain des autres. Je suis né dans ce four public. Il m'a remué en tant qu'homme et non en tant que flic. Je connais la misère du plus grand nombre de mes concitoyens, je connais sur le bout des doigts les dossiers des nantis et des combinards qui n'ont qu'un pois chiche dans le crâne en guise de cervelle. J'ai connu jadis Ben Laden, au Soudan. Il a navigué entre les gouttes, magouillé avec la CIA et les majors du pétrole. Et un jour, il a eu une idée. Une idée géniale : le réseau Al-Qaïda. Il avait à sa disposition l'argent et les hommes pour constituer ce réseau très puissant : des gens formés en Occident, qui en avaient marre de l'Occident et marre de leurs propres pays. Mais il a commis une faute impardonnable : il a parlé au nom de l'islam et il a lancé ses hommes à l'assaut de l'Amérique. Ils sont morts à New York, il est mort lui aussi, comme un pauvre con à Marrakech. Il faut éviter le dialogue entre deux intelligences de niveaux différents, surtout si ce dialogue est à armes inégales. J'ai mis la main sur son magot et j'ai balancé froidement aux services de renseignement occidentaux et à leurs alliés les noms et les coordonnées de futurs terroristes des diverses cellules d'Al-Qaïda. J'avais trouvé toute la liste dans un vieil exemplaire du Coran, au riyad de Marrakech, écrite de sa main dans la marge de la sourate « L'Aube ». J'ai déniché par la suite le numéro de son compte bancaire en Suisse, le plus simplement du monde, chez son demi-frère Sélim alias Alfred Benna. J'ai tué ce type, va savoir comment. Il avait attiré Oussama dans un traquenard. Ben Laden est enterré, l'affaire est enterrée, on m'a félicité en haut lieu, on m'a même décoré, l'Occident peut enfin respirer, les Twin Towers ne sont plus qu'un mauvais souvenir, je peux te l'assurer, foi d'Ali. Je me fous de l'Amérique, je me contrefous des grandes puissances, des démocraties européennes, de Poutine et de la Russie. (*Rire énorme, entrecoupé de hoquets et de quintes de toux.*) J'ai pris la succession d'Oussama Ben Laden. J'ai reconstitué son réseau, à ma façon. La terre tourne. L'Histoire nous enseigne que l'humanité a connu plusieurs étapes. Il y a eu le singe, puis l'*homo erectus*, l'*homo sapiens*. Nous avons à présent l'*homo americanus*. C'est un drôle d'animal. Il a la puissance des armes. Il a l'argent, l'économie mondiale. Mais il n'a que cela : la puissance, l'argent et l'économie mondiale. J'essaie d'entrer dans sa psychologie. Son désir profond est d'assouvir ses pulsions, en opposition totale avec les exigences de sa propre société. Il n'y a qu'à voir Reagan, Bush et autres Schwarzenegger. Nous en arrivons ainsi à la définition du Bien et du Mal. Mais je m'en fous, je ne suis pas américain. Que les États-Unis aillent au bout de leur superpuissance ! Je m'en contrefous. Je suis un Arabe du tiers-monde. (*Rire grelottant, désabusé.*) J'ai l'esprit tortueux. C'est pourquoi j'ai livré à qui de droit les membres d'Al-Qaïda, des têtes brûlées prêtes à aller au casse-pipe, à tuer aveuglément et à se sacrifier au nom de la religion. J'ai épuré le réseau. Je n'ai gardé que les têtes froides, des ingénieurs, des techniciens, des informaticiens. Ils ne se connaissent pas entre eux. Je suis le seul à pouvoir les joindre. Au cours de ma carrière, j'ai constitué un dossier bien fourni. Je l'ai appris par cœur, puis je l'ai brûlé. Je n'ai pas la foi, je ne vais pas agir au nom de l'islam, mais au nom des hommes. Ceux qui forment maintenant le réseau d'Al-Qaïda me ressemblent : ils ne croient ni à l'Orient ni aux valeurs occidentales. Leur passé est mort, comme le mien, comme le tien. Ils ont la volonté de vivre au présent. Des hommes coupés de toute attache ethnique ou familiale, de tout lien de fortune ou de métier, de toute idéologie. Ils sont l'action. Et ils ne vont pas se tromper de cible. Ils n'attendent qu'un signe de moi pour nous débarrasser de ces présidents et de ces rois dont certains se réclament de droit divin. Ils vont balayer devant nos portes, extirper la corruption, le népotisme, le clientélisme, nettoyer nos écuries d'Augias. C'est notre faiblesse, oui, *notre faiblesse* qui fait la force de l'Occident. Ils vont en premier lieu saboter les oléoducs, cramer les puits de pétrole. (*Pause.*) L'un de mes hommes est déjà dans la zone tribale du Pakistan. Les Américains le captureront peut-être et l'exhiberont : voilà Oussama Ben Laden ! Et le tour sera joué, j'ai tout prévu. Mais je m'interroge. Je suis à la croisée des chemins. Je suis désemparé. J'ai une très jolie femme que je ne mérite pas, je l'aime plus que ma peau. Elle vient de me donner une petite fille, mon cœur de flic éclate de bonheur. J'ai un grand bureau directorial en tant que chef de la police criminelle. Je ne fais rien, je donne des ordres à mes inspecteurs. Et on me paie largement. L'autre partie de moi a été investie par ce Ben Laden de Satan. Je suis aux abois, incapable de résoudre ce qui se passe dans ma tête. (*Je n'entends pas le tic-tac. Le balancier s'est arrêté.*)

Je me suis levé. J'ai regardé Ali. Je lui ai demandé :

— Que vas-tu faire ?

— Devine, a-t-il répondu.

J'ai deviné.

Maigre et famélique, l'inspecteur Ali se regarde dans la glace de sa salle de bains. Il se voit projeté dans l'avenir. Il a vingt ans de plus. Ses tempes sont grisonnantes, son visage s'est empâté, la flamme de ses yeux s'est éteinte. Ses convictions se sont émoussées, se sont éteintes au fil du temps. Il trône sur son fauteuil de ministre. Il donne des ordres, il applique la loi du système. On plie l'échine devant lui, on lui baise la main. Il ne s'interroge plus, ne se remet plus en question. Il est content, béat. Sophia a quarante ans. Elle est devenue obèse, acariâtre. Elle circule en limousine, papote dans les salons. Elle et lui n'ont plus rien à se dire. Ils coexistent dans une villa luxueuse. Autant mourir tout de suite !

L'inspecteur Ali arme son pistolet. Il tire. Le miroir se brise. Une seule balle. Il n'y a plus d'image, plus d'avenir. Il vient de tuer l'homme sans identité et sans voix qu'il serait peut-être devenu. Il vient de tuer le flic qui était encore en lui.

Trébeurden, novembre 2003
Crest, mars 2004

Postface

Je reçois à l'instant une lettre de mon éditeur. La voici :

Cher Driss,
Nous nous préparons à envoyer à l'imprimerie L'Homme qui venait du passé. *J'ai une suggestion à vous faire : pourriez-vous y ajouter une postface, afin d'éclairer vos lecteurs ? Qui a tué Ben Laden ?...*

J'ai montré la lettre à l'inspecteur Ali. Son visage s'est soudain fermé. Ses yeux se sont embués de larmes. Il m'a regardé comme s'il ne m'avait jamais vu de sa vie. Il m'a dit d'une voix d'enfant :

— Tu étais mon ami... mon ami...

Il a pointé vers moi son pistolet calibre 22. L'index sur la détente. Il m'a visé. Il va tirer. Il...

DU MÊME AUTEUR

Aux Éditions Denoël

LE PASSÉ SIMPLE, *roman* (« Folio », *n° 1728*).

LES BOUCS, *roman* (« Folio », *n° 2072*).

DE TOUS LES HORIZONS, *récits*.

L'ÂNE, *roman*.

SUCCESSION OUVERTE, *roman* (« Folio », *n° 1136*).

LA FOULE, *roman*.

UN AMI VIENDRA VOUS VOIR, *roman*.

LA CIVILISATION, MA MÈRE !..., *roman* (« Folio », *n° 1902*).

MORT AU CANADA, *roman*.

L'INSPECTEUR ALI, *roman* (« Folio », *n° 2518*).

UNE PLACE AU SOLEIL, *roman*.

L'INSPECTEUR ALI ET LA C.I.A., *roman*.

VU, LU, ENTENDU, *mémoires* (« Folio », *n° 3478*).

LE MONDE À CÔTÉ, *roman* (« Folio », *n° 3836*).

L'HOMME QUI VENAIT DU PASSÉ, *roman* (« Folio », *n° 4341*).

Aux Éditions du Seuil

UNE ENQUÊTE AU PAYS, *roman* (« Point-Seuil »).

LA MÈRE DU PRINTEMPS, *roman* (« Point-Seuil »).

NAISSANCE À L'AUBE, *roman* (« Point-Seuil »).

Aux Éditions Balland

L'HOMME DU LIVRE, *roman*.

COLLECTION FOLIO

Dernières parutions